제주에서 강원까지

이야기꽃, 피다

제주에서 강원까지

이야기꽃, 피다

전국국어교사모임
엮음

전국 중고등학생
이야기대회
수상작 모음

Humanist

'전국 중·고등학생 이야기대회' 수상작을 엮으며

국어 수업 시간에 이야기 바람이 불기 시작한 지 십여 년이 지났습니다. 앞서 깨친 선생님들 가운데 더러 이야기 교육을 하시는 분들도 계셨지만, 전국국어교사모임과 경상대학교 사범대학 국어교육과가 손잡고 '전국 중·고등학생 이야기대회'를 시작하면서 아이들이 살아가는 이야기와 선조들이 물려주신 옛이야기가 국어 교육의 중요한 내용이라는 깨달음이 일었습니다.

'이야기'는 아이들이 살아가는 삶이고 우리 겨레가 살아온 삶이며, 끝없이 상상력과 창조력을 건드리는 '말의 꽃'입니다. 이야기를 하며 아이들은 삶을 나누고, 다른 삶을 상상하며, 삶의 지혜를 배우고 깨달음을 얻습니다. 이야기를 하고 들으며 말하고 듣는 능력을 기르고, 사건을 고르고 짜임을 생각하며 창조력을 키우고, 비유와 묘사를 써 가며 문학(말의 예술)이 무엇인지 자연스레 알게 됩니다.

'전국 중·고등학생 이야기대회'는 저 남녘 제주에서 북녘 강원까지 온 나라 곳곳에 살고 있는 중·고등학생들의 삶과 이야기를 나누고, 선조들의 뛰어난 이야기 전통을 배워서 이어받고자 문을 열었습니다.

여기에 실린 이야기는 모두 '전국 중·고등학생 이야기대회'에서 상을 받은 이야기들입니다. 한빛상을 받은 이야기를 비롯하여 이야기의 짜임새가 탄탄하거나 듣는 이의 호응이 높았던 이야기를 골랐습니다. 그것들을 크게 중학생 이야기와 고등학생 이야기로 나누고, 다시 요즘 이야기와 옛이야기로 나누어 실었습니다.

요즘 이야기는 중·고등학생 모두 '나에게 일어난 일'을 앞서 실었습니다. 국어 수업 시간에도 이야기대회에서도 학생들이 가장 많이 한 이야기는 자신이 겪은 특별한 일이나, 누구나 겪는 일이지만 나에게 특별한 깨달음이 있었던 일이었습니다. 아프거나 심하게 다쳤던 일, 돌아보니 부끄럽고 아픈 기억, 어떤 일에 미친 듯이 매달렸던 경험, 외모 탓에 겪은 소소한 에피소드, 기르던 개와 고양이의 죽음에 이르기까지 아이들은 기쁘고 슬펐던, 아프고 분했던 온갖 삶의 이야기를 쏟아냈습니다.

다른 부모님은 다 좋은 것 같은데 왜 우리 부모님은 남들과 다른지, 형은 잘났고 동생은 철없어 사이에 끼인 나는 어떻게 해야 하는지 같은 나를 둘러싼 '가족 이야기'도 구구절절 이어졌습니다. 화가 나다가도 걱정스럽고, 걱정 끝에 가슴 뭉클해지며, 웃다가도 싸우고, 싸우다가 정이 드는 게 가족인 모양입니다.

마지막에는 '어릴 때 동네에서 있었던 일'을 실었습니다. 학교에 가고 친구를 만나고 마을 이곳저곳을 누비며 놀던 추억, 우리 동네를 떠나 더 넓은 곳으로 향할 때의 두려움과 동네에 대한 그리움을 담았습니다.

옛이야기는 요즘 이야기보다 조금 모자랍니다. 이야기가 삶의 가운데 자리 잡았던 전통이 이미 끊어져 버려 학생들이 자라면서 옛이야기를 들어 본 적이 거의 없기 때문일 것입니다. 그런데도 자기가 사는 곳에 흘러오는 옛이야기를 찾아 마치 요즘이야기를 하듯 듣는 이의 반응을 이끌어 가며 이야기하는 능력이 놀랍습니다.

중·고등학생 모두 선조들이 삶에서 알아내고 깨달은 지혜와 슬기를 다룬 '민담'과 주변에 있는 사물에 얽힌 이야기로 우리네 서럽고 안타까운 삶을 그린 '전설'을 먼저 싣고, 세상 만물을 만들어 이승과 저승을 두루 다스리는 신의 이야기 '신화'를 뒤에 실었습니다. 중학생 옛이야기는 다섯 마리로 민담과 신화의 차례로, 고등학생 옛이야기는 이야기를 이야기하는 '이야기 귀신'으로 시작하여 전설과 신화를 차례대로 여섯 마리 실었습니다.

앞으로 이야기 교육이 널리 일어나 요즘 이야기만큼 옛이야기를 즐기면서 선조들이 살아온 삶의 모습도 살피고 살아가는 지혜와 깨달음도 함께 배울 수 있기를 바랍니다.

마지막으로 한 가지 꼭 짚고 싶은 것이 있습니다. 이야기는 입에서 입으로 전해져 내려왔고, 지금도 이야기판에서 입말로 살아 숨 쉬고 있습니다. 이야기를 하고 들으며 곧바로 서로의 마음을 주고받는 이야기판에서 이야기꾼들은 자신이 듣고 배운 이야기를 덧보태기도 하고 빼기도 하면서 똑똑한 말소리와 제 몸에 밴 사투리로 아름답게 드러내고자 합니다. 눈짓을 비롯한 얼굴의 표정과 손짓, 몸을 움직이는 몸짓과 나아가서는 얼굴을 꾸미거나 옷을 맞추어 입는 것에 이르기까지 모두 이야기를 살아 숨 쉬게 하는 요소이며 기술입니다.

그러나 여기서는 여러분과 함께 두고두고 즐기기 위해 입말 이야기를 붙들어 글말로 적은 탓에 입말 이야기를 살아 숨 쉬게 하는 요소들이 모두 사라져 버렸습니다. 안타까운 마음에서 이야기꾼의 입말과 사투리를 그대로 살리고 이야기꾼이 하는 동작과 듣는 이들의 반응을 이야기 속에 조금 넣었습니다만, 살아 움직이는 이야기판을 짐작하기는 쉽지 않습니다. 그래서 조금이라도 이야기와 이야기판의 분위기를 살리고자 책 뒤에 동영상을 붙였습니다. 오래되어 잃어버린 동영상도 두어 개 있지만,

실려 있는 동영상을 함께 보면서 이야기판이 벌어졌던 현장의 분위기와 그 안에서 살아 숨 쉬던 이야기를 상상하며 맛보시기 바랍니다.

이야기란 본디 혼자서는 존재할 수가 없습니다. 숨어 있는 삶의 진실을 속속들이 드러내어 눈앞에서 온몸으로 펼쳐 들려주는 이야기꾼과 그를 마주 보며 눈을 맞추고 귀를 열어 온몸으로 들어 주는 사람들이 함께 어우러지는 이야기판이라야 이야기가 온전히 살아나는 것입니다.

전국의 교실 곳곳에서 크고 작은 이야기판을 벌이고 도란도란 이야기꽃을 피워 내는 날을 우리 모두 함께 꿈꾸며 기다려 봅시다.

2014년 6월
경남국어교사모임

차례

하나. 중학생 이야기

1. 요즘 이야기

2. 옛이야기

둘. 고등학생 이야기

1. 요즘 이야기

2. 옛이야기

'이야기'와 '이야기 교육'에 대하여

김수업

1. 이야기란 무엇인가?

이야기는 '문학'이다. 우리는 흔히 문학이라 하면 글로 쓰인 것만 생각하지만, 글로 쓰이기 전에 말로 하는 문학이 먼저 있었다. 그것이 '입말 문학(구비 문학)'이다. 입말 문학에는 이야기도 있고 노래도 있고 놀이도 있는데, 특히 우리 겨레는 이야기를 잘하고 이야기를 많이 하면서 살아온 겨레였다. 여름에는 나무 그늘 아래서 이야기하고, 저녁에는 모깃불을 피워 놓고 이야기하고, 새끼를 꼬면서도 이야기하고, 일하면서도 길쌈하면서도 이야기하며 살아왔다. 이야기를 하면서 살아가며 얻은 경험도 서로 나누고, 기쁘고 즐거웠던 것도 슬프고 괴로웠던 이야기도 표현하면서 삶을 담아 왔고, 그것은 곧 중요한 문학 활동이었다.

18세기에 오면 이야기는 단순히 일하고 생활하는 사람들만의 이야기가 아니라, 전문적인 하나의 연희(演戲)로 자리 잡았다.

서울 종로거리에서 이야기를 잘하는 이야기꾼이 앉아서 이야기를 하면 사람들이 모여서 듣고, 이야기를 하다가 이야기꾼이 갑자기 재미있는 대목에서 가만히 멈추면 사람들이 눈치를 채고 돈을 거두어 이야기꾼에게 주면 다시 이야기를 시작했다는 기록이 남아 있다. 심지어 이덕무의 기록에는 이야기꾼이 이야기를 아주 잘했는데, 듣는 사람들이 이야기를 듣다가 주인공이었던 영웅이 나쁜 사람들 때문에 몰락해서 고통을 겪는 대목을 이야기하니까 듣던 사람들이 흥분해서 칼을 빼서 이야기꾼을 찔러 죽였다는 내용도 있다.

요즘 말로 하면 18세기의 우리 선조들은 이야기를 연예로 생각했고, 그것으로 먹고사는 연예인이 있었다. 이렇게 삶과 더불어 입말 문학이 오랫동안 이어지자 한국정신문화연구원에서는 1978년부터 전국적인 조사를 바탕으로 자료를 모아《한국구비문학대계》라는 82권의 책을 묶어 내기도 했다. 그만큼 우리 겨레의 이야기 전통은 일찍부터 있었다는 것을 알 수 있다.

2. 이야기는 어떻게 하는가?

이야기는 뭐니 뭐니 해도 재미있어야 한다. 듣는 사람들이 기쁨을 느끼고 즐거울 수 있도록 재미가 있어야 한다. 재미는 여러 가지에서 올 수 있지만, 가장 기본적인 것은 '이야기의 줄거리'

이다. 이야기의 줄거리가 높이 올라갔다가 아래로 내려오기도 하고, 마음을 긴장되게도 하고 풀어주기도 하면서 흘러가는 그 자체에서 오는 재미, 이것이 가장 뼈대가 되어야 한다.

그 다음으로 꼽을 수 있는 재미는 이야기에 담겨 있는 '속살'이다. 이야기가 듣는 사람들에게 웃음만을 자아내려면 개그나 코미디로도 충분할 것이다. 하지만 이야기에는 사람과 삶에 굽이굽이 담긴 속내와 속살이 드러나기 마련이다. 교훈도 되고 마음을 깨우치기도 하고 삶을 돌아보고 뉘우치게도 하는 내용들이 사람들의 마음 깊은 곳을 울려 주는 데서 재미를 느낄 수도 있다.

뼈대와 속살, 이 둘이 이야기의 기본이지만, 그밖에 '표현하는 재미'를 들 수 있다. 표현하는 재미란 겉으로 드러나는 재미다. 웃음을 참을 수 없도록 말소리나 낱말로 말을 부려 쓰며 표현의 재미를 주는 것이 앞서지만, 입말은 글말과는 달라서 말 자체가 가지고 있는 재미를 마음대로 부릴 수도 있다. 목소리나 얼굴빛, 얼굴 표정과 손짓이나 몸짓 등 판소리에서 '발림'이라 하는 요소들을 잘 살려서 말의 표현을 재미있게 하는 것도 필요하다.

3. 이야기를 통해서 무엇을 얻을 수 있는가?

이야기는 입말 문학이다. 이야기를 잘하면 문학 교육에서 얻을 수 있는 힘, 곧 상상하는 힘과 창조하는 힘을 기를 수 있다. 또 한 이야기를 잘하면 입말 교육에서 얻을 수 있는 힘, 곧 생각하는 힘과 표현하는 힘을 기를 수 있다.

이야기를 만들고 이야기를 하려면 아직 실제로 있지도 않은 존재와 일어나지도 않은 사건을 머릿속으로 생각하며 그려 보기도 하고, 있기를 바라거나 일어나기를 바라는 일을 머릿속으로 생각하여 짜 맞추어야 한다. 이렇게 상상하는 힘이 만들어 놓은 생각의 속살은 현실 세계에는 없다. 그러므로 알맞은 자료를 찾아 생각의 속살이 제대로 담길 수 있도록 주물러 담아내려면 어떤 솜씨가 있어야 하는데, 이때 창조하는 힘이 쓰인다. 줄거리가 있는 이야기, 맺힘과 풀림으로 이루어진 이야기, 일이 벌어지는 시간과 공간이 환히 드러나 그럴듯한 이야기로 엮으려면 웬만한 솜씨로는 어렵다. 따라서 듣는 이들이 이야기에 빨려 들어가 이야기를 들으면서 재미와 기쁨, 즐거움을 느낀다면 이야기를 하는 사람은 상상하는 힘과 창조하는 힘이 뛰어난 사람임이 틀림없다.

더불어 이야기를 잘하면 말할 필요도 없이 생각하는 힘과 표현하는 힘이 자라게 된다. 표현하는 힘이란 자신의 마음속에 담겨 있는 느낌과 생각을 말로 드러내서 다른 사람의 마음속에 넣어 주는 기술과 힘인데, 입말 문학인 이야기는 글말 문학의 소설과는 달라 정해진 줄거리 그것만을 그대로 전달하지 않는다.

줄거리를 갈무리할 만큼의 길이를 지니고 있되, 듣는 이의 수준이나 상황, 분위기를 보아 가며 맺힌 고를 풀어내고 벌어진 일을 마무리하여 뒤끝을 말끔히 맺어야 한다. 또 이야기의 줄거리가 스스로 질서를 지니고는 있지만 그 질서는 언제나 살아 있고 열려 있어서, 내 상상과 창조의 힘으로 이야기의 질서 자체를 언제나 고치고 바꾸어 갈 수도 있다.

이야기와 이야기판은 언제나 기쁨과 즐거움으로 가득하다. 똑똑하거나 어리숙하거나, 옹졸하거나 너그럽거나, 어수룩하거나 되바라지거나, 덜렁이거나 꼼꼼이거나 어떤 성격을 지닌 사람이라도 이야기는 즐기게 마련이다. 상상하는 힘과 창조하는 힘, 생각하는 힘과 표현하는 힘이 뛰어나게 발달되면 인간 사회를 좋은 세상으로 만들 수 있고, 이야기를 통해 이러한 힘을 기르는 것은 개인이나 우리 세상을 좋게 만드는 데 아주 긴요한 일이다.

4. '전국 중·고등학생 이야기대회'를 왜 열었는가?

한마디로 말하면 국어 교육을 새롭게 해 보자는 뜻이다. 지금까지 우리는 국어 교육을 책만 붙들고 해 왔다. 하지만 입으로 말하고 듣는 입말을 중요하게 국어 교육의 안으로 끌어넣어야 한다. 입말 교육의 첫걸음으로 우선 이야기를 국어 교육 안에서 다루어야 한다.

앞서 말한 바와 같이 우리 겨레는 오랫동안 이야기를 통해서 삶을 가꾸고 이끌어 왔던, 이야기 전통이 아주 뛰어난 겨레이다. 하지만 일제 강점기를 거치면서 지난 백 년 동안 이야기 전통이 끊겨 오늘날에는 이야기 문화가 완전히 사라져 버렸다. 하지만 가까운 이웃의 일본이나 중국은 그렇지 않다. 일본이나 중국에서는 이야기가 오늘날의 연예 중에 가장 대표적인 것이고, 이야기를 잘하는 이야기꾼은 가장 인기를 얻는 연예인으로 자리 잡았다. 그러나 우리는 이야기 전통이 끊어지면서 이야기가 연예로서 하나의 예술이 된다는 생각도 못 하게 되고, 그런 전통을 국어 교육에서 다룰 생각조차 하지 못하고 좋은 이야기꾼을 만들어 내는 노력도 하지 않았다.

국어 교육은 하루 바삐 입말을 교육의 안으로 끌어넣어야 하고, 이야기 교육으로 입말 문학 교육을 시작해야 한다. 그래서 전국적으로 뛰어난 이야기꾼을 찾고 키워 앞으로는 우리나라도 이야기를 잘하는 이야기꾼들이 아주 인기 있는 연예인으로 떠오를 수 있도록 하여, 끊어진 겨레의 이야기 전통을 되살리고 더불어 이야기를 통해서 우리네 삶을 좀 더 풍요롭게 만들어야 한다. 지역마다 이야기대회를 열고, 학교마다 이야기대회를 열고, 학급마다 이야기대회를 열어 이런 계기를 마련하고자 한 것이 이야기대회를 연 까닭이다.

하나

중학생
이야기

1

요즘 이야기

아빠와 함께한 낚시

전병현(경남 거창중학교 1학년)

전병현입니다. 제가 오늘 아빠와 함께 한 낚시에 대한 사건을 이야기해 보겠습니다. 재밌게 들어 주십시오.

내가 5학년, 한여름이었거든. 일요일이었거든. 다음 날은 리코더 시험이 있어갖고 날 조지는 거라. 리코더 시험만 보면 빵점 맞아 오니까 당사자는 미치는데 엄마 아빠는 더 미치는 기라. 그래갖고 내가 리코더 시험을 잘 볼 수밖에 없었는데, 리코더 시험을 잘 볼 수밖에 없었던 이유가 하나 더 있어. 내가, 우리 학년에 삼백 명 정도가 있는데 그중에 삼 음친 기라. 삼대 음치! 전음치라 카는 거라.

음악 선생님이 나만 보면, "전음치!"

샘한테 잘 보이기 위해서 음악을 열심히 공부하고 있는데, 내 동생이 "오빠야, 시끄럽다! 고만 좀 해라." 이카는 기라. 그래 당사자는 미치겠는데 내 동생까지 그카니까 자존심이 마 와르르 무너지는 기라.

그래갖고 내가 열심히 열심히 연습하고 있는데 갑자기 아빠가 딱 오데. 우리 아빠가 똥고집에다가 낚시를 너무 좋아하는 거라. 또 우리 아빠가 마이크를 잡으면 놓지를 않아. 더구나 피리, 이 리코더를 한번 잡으면 놓지 않아. 그래갖고 우리 아빠가 잡으면 내 오늘 하루 종일 연습을 못 하니까 "아빠, 말아요. 말아요." 이래 캤거든.

근데 내 손가락이 좀 짜리몽땅해갖고 이 리코더에 바람이 솔솔 새 나오는데 소리는 안 나고 고마 돌겠는 기라. 그래갖고 아빠가 "내가 스트레스 받아 줄게." 딱 이렇게 해갖고 낚시하러 가자는 기라. 그 아빠에 그 아들이라고 난 낚시를 너무너무 좋아하는 기라.

그런데 낚시 가는 거 엄마가 알면 조지는 기라. 엄만 깔끔병에 이중인격자라. 아빠 있을 때는 고분고분 "어, 여보, 오셨어요?" 이카는데, 아빠 없을 때는 "요 새끼들 때려 죽이삘라. 파리채 가와라." 이카는 기라. (청중 웃음) 아, 우리 집에, 한집에 같이 살면 (엄지를 세워 보이며) 이거야 이거.

　아빠는 이미 엄마 몰래 동네 사람들 다 모은 기라. 동네 사람들 다 모으면, 고기 사 들고 오고…… 어쩔 수 없다 아이가, 고기 사 났는데. 그래갖고 엄마가 딱 알고 "현이 아빠, 다 모았소?" 이카는 기라.

　나 보고 딱 방에 가서 "갖다 와서 죽이삘라, 새끼야." 이카는 기라. 쫄아갖고 낚시도 못 하고 막.

　차에 타고 동네 사람들하고 저 함양 쪽에 낚시를 하러 갔어. 근데 비가 오는 기라. 비가 오면 낚시도 못 하는 기라. 그래서 우리 아빠가 "현아, 낚시 못 하겠다. 어쩔꼬?" 하는 기라. 그래갖고 내 또 삐끼갖고¹ 입이 한 자나 튀나온 기라. 오리 주둥이가 된 기라. 그러니까 엄마가 옆에 와갖고 꼬질러.

　"고기 많이 묵어라, 고기. 돈 아깝다. 고기 많이 묵어라." 이카는 기라. 입은 튀나왔는데 고기 묵을 수가 있나. 이래 차 타고 가서 비가 오니까 다리 밑에서 고기를 굽는데 난 삐껴갖고 그때 돌이나 씩씩 던지고 있는데 어른들이 막 눈치를 주는 기라. 그러고 엄마 오디마는, "빨리 가 고기 안 먹으면 니 오늘 집에 가서 밥도 없다. 국물도 없을 줄 알아. 빨리 묵어라." 이카는 기라.

1　삐쳐서

그래갖고 놀래갖고 앉아갖고 꾸역꾸역 먹고 있는데 마 동네 사람들 보기 안 좋고 이라니까 엄마가 "오늘 집에 가서 매타작 좀 하자. 이 시끼들아." 이카고.

놀래갖고 와 고마. 근데 동네 사람들 있을 때는 엄마가 그런 소리 못 해. 남편의 아내로서 이미지 관리를 해야 하기 때문에. 저~ 데꾸 가서 외딴 곳에서 팰라 카는 기라. 쫄아갖고 토끼면 엄마가 막 따라오는데 동네 사람들이 옆에 붙었으면 엄마가 또 못 때리는 기라.

그래 고기 다 먹고 짐 싸갖고 그 차로 거창에 건계정에 가니까 비가 안 오는 기라. 그래갖고 아빠가 동네 사람들 다 보내 놓고 "아이구, 이거 비 안 오네." 낚시 한번 하자는 기라. 그래 낚시 한번 땡기자 카니까 내가 기분이 좋아갖고 팔짝팔짝 뛰면서 해 쌓는 기라.

그러니까 엄마가 뭐라 하냐면 "그저 좋으면 그카나. 전촐랑. 가만있어." 이카는 기라. 그래갖고 내가 내려가는데 돌바닥이야, 돌바닥. 뛰어 내려가다가 디비졌거든.[2] 이래 딱. 그니까 엉덩이에 막 빵구 날라 카는 기라. 넘어져가 미끄럼틀을 탈라 하는 것처럼 "아, 재밌다. 재밌다." 하면서 폴짝폴짝 뛰었어. 엄마가 또

---

2 뒤집어졌거든

알면 뭐라 할까 봐 폴짝폴짝 뛰는데, 그게 재밌어서 뛴 게 아니고 아파서 뛴 기라. (청중 웃음)

엄마는 그걸 모르고, 아빠는 저기서 낚싯대 갖고 오는데, 낚싯대를 맨 처음에 한번 딱 던졌어. 그러니까 그게 바늘이 세 개 달린 게 천오백 원짜린데 한번 던지니까 돌에 걸려갖고 낚시 바늘이 끊어진 기라.

그래갖고 "천오백 원. 천오백 원~" 아빠 이카고, 우리 가족 막 "천오백 원 우짜노~" 이카는데 막 가 갖고 와. 마 됐다 카고 바늘 마 다시 꽂아갖고 "천오백 원~" 이러고.

"뒤에 나와라." 이래갖고, 긴장된 마음에 뒤에 폴짝폴짝 서 있는데 아빠가 막 따악 던졌어. 그런데 '타악' 하는 소리가 들리는 기라. 내 입에 따악 걸려갖고 막. (청중 웃음)

우와, 아빠는 뭣도 모르고 막 "현아, 뒤에 돌 좀 내라. 돌 좀." 이카는 기라. 내 이빨이 끼었잖아, 지금. 조지는 기라.

"돌 좀 내 봐. 돌 좀." 이카는데 누가 돌인 줄 알겠노? 난데 나. 난데! 어후. 그래갖고 아빠는 몰라갖고 우리 엄마가 "현이 아부지. 현이 아부지." 이카는데 막 입에 피는 줄줄 흐르고. 어후. 낚싯바늘 끼고 있는데 아빠가 딱 뒤에 보디만, "와 카노? 와 카노?" 막 이카는 기야.

그래갖고 놀래갖고 차로 뛰어가디만 이따만 한 공구통을 하나 띡 가오데, 그 안에 보니까 그 뭐고 뻰치가 있어. 녹슨 뻰치. 그래 뻴라 카니까 엄마랑 내가 "119 불러라. 119!" 그카니까 우리 아빠가 "니 아비가 만물박사, 의사다." 이카는 기다.

'니 아비가 의사다' 이카는데 우짤 끼꼬? 마, 뻰치 갖고 불로 지져갖고 막 뻰치 갖고 어떻게 해서 빼서 두 개는 뺐어. 두 개는 어째 해갖고. 그래 한 개는 박혔는 기라. 뻰치 갖고 팍! 해 보니 구멍이 이따만 하게 딱 난 기라. 구멍 때문에 돌겠는 기라.

아, 피는 줄줄 나는데 "병원 안 가도 되겠어요, 병원?" 이카는데, 그래갖고 휴지로 막고 집에 와서 빨리 약 묵고 자라 카는 기라. 그래서 잤어. 내가.

근데 잘 생각해 봐. 내일이 리코더 시험인 기라. 리코더. (청중 웃음)

생각을 해 보니까 리코더 시험인데 환장하는 기라. 누워갖고 일어나니까 입이 떡 나발이 돼가지고[3] 시퍼렇고 뻘건데 거울을 보니까 빵꾸가 이따만 한 게 뚫렸는데 주먹만 한 기라, 입술이. 이 입술이. 그래갖고 이 입술이 주먹만 한데 하도 한심해서 리코더를 딱 불어 봤어, 내가. 리코더, 안 되는 거야. 이 옆으로 이렇게 터져갖고 옆으로 막 발음이 다 새제, 리코더 가운데 바람

---

3 나발이 돼가지고 : 퉁퉁 부어서

이 안 들어가제, 이 빵꾸로 바람이 쉬익 나오제, 우짤 끼라? 또 조지는 기라.

이용례 선생님이 있거든. 우리 음악 선생님. 장구채로 타악 때리면 진동이 지지직 오는 기라. 나를 타악 때릴 걸 생각하니까 내가 인자 마음이 쓰려 죽겠는 기라.

아침에 엄마가 밥을 갈아갖고 죽을 했는데 빨대로 빨아 묵었거든. 밥을 빨대로 빠니까 욜로 나오고 욜로 나오고 막 나오는 기라. 아침에 학교 갈라 카니까 여기 밥풀이 동동동 이래 있는 기라. 그래 돌겠는 기라.

그래 학교로 가면서 마스크를 딱 하고 갔어. 선생님이 내, 삼백 명 중에 전출랑이를 알아. 전까불이, 까불이. 알거든.

"전출랑, 오늘 와 이카노? 약 묵었나?" 이카는 거야, 선생님까지. 아아[4]들이 옆에 오더니 "약 묵었냐? 약 묵었냐?" 이카는 기야. "마스크 한번 벗겨 보자." 이카는 기야. "절대로 안 돼. 절대로 안 돼."

점심시간에 밥도 안 묵고 6교시 음악 시간이 됐어. 그러니까 음악 선생님이 "이리 와. 마스크 벗고 리코더 해 봐라." 이카는 기라. 어, 리코더 할 수가 있나. 어, 음악 선생님이 "와 카노?" 하

---

4 '아아'는 '아이'의 경상도 사투리

니까 "말을 왜 못 해?"

"(어눌하게) 어. 물고기하고요, 어~ 했어요~"이카고 말로 잘 못해. 용케도 마 알아들으셔갖고, "물고기 잡으러 갔다가 바늘에 끼있다 이거가? 니 물고기 새끼가, 이 새끼야!" '따악!' 때리는 기라.

막 진동이 드르르륵 오는데, 집에 가서 내가 음악 시험 못 봐 갖고 얼마나 울고, 얼마나 후회를 했거든.

근데 내가 여기서 얻은 점이, 느낀 점이 그때 조금만 조심을 했더라도……. 그리고 내 그때 이 센치만 더 뒤로 갔더라면 조졌어. 코에 걸려갖고 코가 이래 되는 거야. 코, 코에 걸려갖고.

내가 요즘에 보면 '내 인생에 너만 한 월척은 없다.' 이 광고 있잖아요. 그 광고는 아아들 죽이는 거라. (청중 웃음) 그 광고만 보면 지금 이 생각이 들고 그때 아빠하고 간 낚시가 참 기억에 남습니다. 감사합니다.

* 전병현 학생의 〈아빠와 함께 한 낚시〉는 동영상이 남아 있지 않아 동영상을 싣지 못했습니다.

외갓집 개
튼튼이

조혜연(대구 동구여자중학교 1학년)

제가 개를 참 좋아하거든요. 그런데 털 이래 지다매[1] 길라가
지고 바람에 휘- 날리고 마 털이 자글자글해가지고 기품 있고
그런 개보다는 털에 진흙 한 덩이 푹 묻혀가지고 이래~ 보는 시
골 똥개, 그런 거를 더 좋아하거든요. 시골에 널려 있는 게 똥개
아이가.

그카는데 우리 외갓집이 시골인데, 그 시골 촌구석에 쿵 박
혀 있거든. 그래가지고 그래 설날 있잖아, 까치 까치 설날은 얼
매나 기분이 좋노. 그래가지고 마 시골에 가서 "외할머니~" 카

---

1 길다랗게, 길게

면서 들가가 온 집 안 순회를 다 하는 기라. 요 문 함 열어 보고, 저 문 함 열어 보고 놀다가 이제 마당이 남았거든. 그래 마당을 보니까 하얀 개가 쪼매난 게 앉아 있는데 부들부들 떨고 있는 기라.

야가 누군지 인자 궁금하잖아. 그카니까 외할머니한테 "외할머니, 야 뭐예요?" 했거든. 그러니까 외할머니가 "뭐긴 뭐야, 개지." 이카데.

또 물어봤지. "외할머니, 야 누구예요?" 그랬거든. 하니까 "야 며칠 전에 옆집 군자네 할매랑 같이 장날에 가서 한 마리씩 사 왔다." 이카데. 그래 또 물어봤지. "외할머니, 야 이름이 뭐예요?" "아직 없어." 이카데.

그래가지고 야가 너무 허약해 보여가지고 튼튼이란 이름을 지어 줬거든. 근데 야가 너무 귀엽고 앙증맞고 사랑스럽고 정이 가는 거라. 그래가지고 야를 '이제 우리 집에 데꾸 가야겠다.' 이런 생각으로 "엄마, 야 우리 집에 데꾸 가자." 했거든. 하니까 엄마가 "절대 안 돼!" 이카데.

그니까 한 번 더 일케 했지.

"엄마야, 야 데리고 가자. 너무 귀엽다카이."

"진짜 데리고 갈 끼가?" 그래서, 적어도 삼세번은 해 봐야 하는 거 아이가. 그래가지고 내가 땅에 딱 눕고, "엄마야. 얘 안 데리고 가면 내 집에 안 가!" 했거든. 그러니까 엄마가 "진짜 안 갈 끼가?" 그래. 내가 "예!" 이러켔지.

하니까 엄마가 큰방으로 가서 파리채를 갖고 나오데. 우리 엄마는 파리채 앞으로는 파리를 잡고 이리 딱 디비가[2] 손잡이로는 사람을 잡거든. (청중 웃음) 그래가 고마 그걸로 엉덩이를 맞는데 눈물이 막 찔끔 나오데. 그래가지고 엄마한테 그냥, "외갓집 자주 올 끼제?" 그래가지고 "예." 글켔어.

우리 엄마는 개를 얼매나 싫어하는지 아나? 우리 다 그 비밀이 있지. 우리 엄마는 어렸을 때부터 공부만 했다 이기라. 많은 외삼촌들의 증언에 의하면 우리 엄마는 범생이었다 이기라. 그래가 집에 올 때 공부하고 집에 들어가자고, 또 나가서 공부하고 또 집에서도 공부하고 학교에서도 공부하니까.

그때도 개가 있었거든 외갓집에. 정을 주지도 않고 밥도 안 주고 눈길도 안 주고 하니까, 이 개는 우리 엄마가 남인 줄 알고 가족인 줄 모르는 기라. 그래가지고 우리 엄마가 밤중에 또 공부를 하고 쪼매 늦게 들어왔지. 근데 시골 사람들 좀 일찍 자나. 쪼매만 어둑어둑하무는 이불 냅다 피고는 자 버리거든. 그카는데 그때 또 우리 외삼촌들이 개 목걸이를 이렇게 풀어 놨는 기

---

2 뒤집어서

라. 그래가지고 우리 엄마가 가족들 안 깨라고 살금살금 들어오는데 그 개가 우리 엄마를 보고 '아 쟤 남인갑따. 물어라.' 이래 됐는 기라.

그래서 우리 엄마가 오밤중에 온 동네를 다 달리는데 고마 개가 엄마 엉덩이를 콱 물어 버렸는 기라. 그런데 뭐 시골에 병원이 있나. 그냥 된장 바르고 끝났지. (청중 웃음) 그카니까 우리 엄마는 개의 기역, 강아지의 기역만 들어도 "아~ 싫다." 이카거든.

그래도 또 외갓집 자주 와가지고 개 목욕도 시켜 주고 과자도 주고 먹을 것도 많이 줬어. 그카는데 내가 오랜만에 와도 개가 내를 알아보데. 그게 시골 개는 밥만 주면 주인이거든. (청중 웃음) 그래가지고 먹을 거를 주면 정말 좋아하거든.

그케 하는데 또 하루는 튼튼이 야가 피로가 쌓이고 쌓여가 너무 풀린 기라. 눈도 요레 풀려 있고. 그케 해가지고 피로 회복을 하라고, 뭐 마루에 박카스가 하나 떡 있데. 그래가지고 그걸 쏙 줬지. 그러니까 개가 마 눈 깜짝할 사이에 다 묵었데.

그래 내가 "니도 지킬 건 지키래이." 그카고 집에 오니까, 한 삼 일쯤 되니까 전화가 오는 기라. 외숙모인 기라.

외숙모가 "튼튼이 배탈 나서 병원에 갔었거든." 이카데. 또 "의사 선생님이 개한테 이상한 거 묵이지 말라 카드라." 이카는 기라. 그래서 "니도 튼튼이 땅에 있는 아무 거나 몬 주워 먹고로 하래이." 이랬거든. 해가지고 "예." 이랬는데, 미안하잖아, 내 때문에 그랬잖아.

그래가지고 좀 미안한 마음으로 또 먹을 걸 사 들고 갔지. 그래가지고 아아가 쪼매 쫌 이리 풀려 있어야 될 꺼라 생각했는데 뭐 아아가 더 튼튼한 거야. 막 이만하게 산만이 해가[3] 애가 송아지만 한 기야, 개가. 그래가 아아가 허약해가 '튼튼이'라 지어 준 이름이 너무 튼튼해서 '튼튼이'라 지어 준 것처럼 돼 버린 거라. 그래 와 그런 줄 아나? 그것도 다 비밀이 있지.

우리 외할머니가 개한테 호박도 과[4] 주고 그렇게 했거든. 또 서울에서 파는 개 사료 있잖아. 요새 그 비타민 함유, 칼슘 함유된 그 개 사료를 그 개한테 준 거라. 그래 원래 시골에서는 국하고 밥하고 씩씩 비벼가 주는데 그런 걸 주면 개가 막 잘 크거든.

근데 그건 와 그런 줄 아나? 우리 외할머니가 앞집 군자네 할매랑 누가 더 개를 튼튼하고 크게 키우나 이게 경쟁이 붙은 거라. 그래가 들리는 소문에 의하면 군자네 할매는 그 집 개한테 뼈도 과 주고 멸치도 과 쳤다 카거든. 근데 그때 우리 개가 쪼매 더 컸어. 그래갖고 우리 외할머니는 기분 좋게 군자네 할매 집

---

3 산만이 해가 : 산만큼 해서
4 고아

을 탁 가가 어깨를 사악 피고 "개 잘 크는 기요?" (청중 웃음) 그래가 외할머니 우리 집에 와가 막 웃으시거든.

근데 우리 개가 얼마나 크냐면, 그 군자네 개가 또 이빠그든. 또 우리 개가 일빠야. 그러니까 읍 개 중에선 우리 개가 김두한 짱인 거라. 그러케 해가지고 그 오밤중이 되면 우리 튼튼이가 한 번 '멍' 해 주면 온갖 똘마니 개들이 '멍멍멍멍멍' 해가 개판이 되는 기라, 개판이. (청중 웃음) 그래가 또 시끄럽다고 동네 사람들이 우리 외갓집에 사악 오거등. 근데 개가 너무 크잖아. 하니까 "안녕히 계세요. 개 참 예쁘네요." 이카고 가거든.

그래가지고 또 우리 외할머니가 "너무 커서 몬 키우겠다." 이카거든. 너무 커가지고 뭐 맞는 개집도 없고 해가지고 그냥 땅에 찔끔 묶여가 있거든. 그래가지고 또 "몬 키우겠다. 몬 키우겠다." 이카데. "할무니, 이 개 팔지 마래이." 이켔거든.

보니까 또 있대. '외할머니가 안 파는갑따. 마음 잡으셨는갑따.' 이래 생각을 했어.

그케 하는데 또 다음 설날, 얼마나 기분이 좋노. 그래서 오색과자 있제, 그 휴게소에서 파는 거. 그걸 개 줄라고 사가지고 이래 씩 오는데, 그래 딱 시골에 들어갈 때 그 우렁찬 우리 튼튼이 개 소리가 안 들리는 거라. 뭔가 또 께림칙하데. 그래가지고 딱 들어가 보니까 마 개 우리에 우리 튼튼이가 없고, 막 우락부락

한 개가 있는 기라. 뭐 또 한번 물어봤지.

"외할머니, 우리 튼튼이 어디 갔어요?" 이카니까 "개장수한테 팔았지." 이카는 기라. 마 눈물이 앞을 가리데.

아 그카는데 요즘에도 또 그 튼튼이랑 같이 들판을 댕기는 꿈을 꾸거등. 그런데 요즘 사람들은 개 그런 걸 마 외국에서 요래요래 물 건너와가지고 치와와 세퍼드 카면서 이름도 얄궂은 그런 거 끌어안고 댕기면서 뽀뽀도 해 주고 막 옷도 사 주고 이도 닦아 주고 치장을 해 주는 거 같은데, 아 신문에서 안 봤나? 그자?

그런데 그것도 사랑이지마는 우리 외할매하고 내하고, 튼튼이에게 준 정성과 마음, 그것도 사랑 아이가? 우리 시골에 똥개들은 오랫동안 못 보다가 가끔씩 요리 사랑을 주고 그케도 얼매나 내를 기쁘고 행복하게 해 주노. 또 얼매나 귀엽고 앙증맞노. 이카는게 시골에 그냥 개 목걸이에 찍 묶여서 땅에 있는 그런 똥개도 좀 많이 사랑해 도.[5]

---

* 조혜연 학생의 〈외갓집 개 튼튼이〉는 동영상이 남아 있지 않아 동영상을 싣지 못했습니다.

---

5 사랑해 줘.

택시의 추억

정한결(경북 문경중학교 2학년)

안녕하세요. 문경중학교에서 온 정한결이라고 합니다. 제가 이야기를 할 때 안경을 쓰고 하면요, 제가 좀 소심해서 말을 잘 못하거든요. 그래서 양해를 구하고 안경을 벗고 하도록 하겠습니다. (청중: 잘생겼다, 훨씬 낫다, 미남이다.) 그럼 이제 제 이야기를 시작하겠습니다.

제 이야기는 제가 1학년 때 이제 여름방학이 되기 일주일 전쯤 일이거든요. 방학이 되기 한 일주일 전쯤이면 선생님들께서 많이 풀어 주시잖아요, 학생들을. 그래서 그날도 체육 시간이 됐었는데, 체육부장이 체육 샘한테 가서, "샘요, 오늘 우리 체육 시간에 뭐 해요?" 이러니까, 샘이 "하, 나 하기도 귀찮다. 니들끼리 알아서 해라." 해가지고, 체육부장이 "아이고 좋아라." 하면서 애들한테, "아무 거나 하고 싶은 거 해." 이래가지고 농구하고 싶은 애들은 농구하고 축구할 애들은 축구하고 했는데, 제가 농구 잘하지는 못하는데, 키가 작아서, 농구 좋아하거든요. 그래서 친구들이랑 같이 농구를 하러 갔어요.

농구를 하다가 평소에 안경 맨날 쓰고 해도 한 번도 안 다쳤는데, 그날따라 이 농구공이 안경 정면에 딱 맞은 거예요. 안경 다리 왼쪽 하나가 뚝 부러져가지고, '에이 재수없네.' 이러고, 수업 시간에 이렇게 (한 손으로 안경을 잡고 있는 듯이) 잡고 버티다가, 진짜 힘들게, 그리고 안경 쓰신 분은 아는데 좀 콧대가 높으신 분은요, 이게 한쪽이 없어도 안경 이렇게 쓰면 콧대 때문에 안경이 가만있거든요. (옆으로 돌아서서 안경이 흘러내리는 시늉을 하며) 옆에 보는데 이게 주르륵~ 아 이게 이게, 아~ 코 수술할 거예요. 도저히 버틸 수가 없는 거예요. 딱 잡으면 쑥 내려가고.

수업 마치자마자, 애들한테 절대 삥 뜯은 게 아니고, 요만한 (목까지 온다는 표시를 하며) 애들 있어요. 이천 원을 모아가지고, 근데 택시를 딱 탔는데, 택시에서 "다 왔습니다, 천오백 원입니다." 했는데 "잠깐만요, 하나, 둘……." 백 원짜리 이렇게 열다섯 개 세면…… 그 쪽팔림 아세요? 백 원짜리 주면 택시 아저씨들 진짜 싫어해요. (청중: 맞아 맞아.)

그래서 매점 가서 이천 원 가지고 "아줌마~" 진짜 샤방하게 "천 원짜리 좀 바꿔 주세요." 했는데, 아줌마가 "에이~ 씨!" 성질 내면서 천 원짜리 주시길래, "안녕히 계세요." 하고 왔어요.

그래서 이제 택시를 잡을라 하는데, 저희 학교가 좀 구석에 있거든요. 택시가 절대 안 와요. 한 이십 분을 기다렸는데. 어쩔 수 없이 큰 맘 먹고 콜을 했어요. 친구 폰을 빌려서.

"아 여기 문경중학교 앞이요." 했는데 한 이삼 분 기다리니까 택시가 딱 오더라고요. 택시를 탔는데, 왠지 택시를 탈 때부터 그 아저씨한테 강력한 포스가 느껴졌거든요. 그 조폭들만 입는 다는 그 옷 아시죠? 아 모르시는가? 그 노란색. 아, 아시는 분 계실 거예요. 그래가지고 앞머리 이만큼(머리를 올려 보이며) 대머리에다가 바지 이렇게(바지를 배꼽 위로 올려 입는 시늉을 하며) 올려가지고, (다리를 떨면서) 밖에서 기다리고 계신 거예요, 택시 밖에서.

제가 뛰어가가지고, "아이고 죄송합니다. 늦었어요." 이러면서 타고 가는데, 아저씨가 계속 저한테 말을 거시는 거예요. 솔직히 모르는 택시 아저씨가 말 걸면 좀 짜증나고 그러잖아요. 그래서 건성으로 "예~ 예~" 대답하면서 가는데, 이제 시내 들어서 제 도착 지점까지 거의 다 왔거든요.

근데 저 앞에서 어떤 여자분들 두 분이 이케 있으면서 손을 흔드시는 거예요. 저희 택시를 보고. 아마 절 못 봤나 봐요. 쭉 가는데, 갑자기 아저씨께서 그 쪽으로 방향을 트시는 거예요. 손님 있는 데로. 황당하잖아요.

'에이 설마 그쪽 길로 가는 거겠지.' 하면서 느긋하게 있었는 데, 점점 속력을 줄이시는 거예요, 글로. 갑자기 그 앞에 딱 서시는 거예요.

그 순간 '아 내가 그렇게 존재감이 없나.' 이러면서 "아저씨 저 타고 있는데요." 상큼하게 딱 말을 하는데, 갑자기 여자 손님이 뒤에 문을 확 열고 들어오시더만, "어 아저씨 뒤에 손님 있잖아요." 이러시는 거예요.

그래서 제가 "아 뭐 괜찮아요." 이제 아저씨도 내 존재를 인식했을 테고, 편하게 딱 누워 있는데 갑자기 아저씨께서 "아, 이놈 제 아들입니다." 이러시는 게 아니에요, 갑자기. (청중 웃음)

그래서 제 이름 하나 지어가지고…… '뭘로 할까? 그래 철수 좋다.'

"철수야 빨리 앞에 와. 손님들 타셔야지."

갑자기 진짜 능청스럽게 이러시는데, 순간 제가 "아이 아저씨 미쳤어요?" 이러려고 했거든요. 그러면 아저씨가 불쌍하잖아요. 손님도 아저씨 뭐라 하면서 가고. 그래서 '에이, 착한 일 한번 하

자.' 이러면서 내려가지고 "네, 아빠." 이러고 앉았거든요. (청중 웃음)

이제 부릉부릉 가는데 아저씨가 이제 뒤엣 분이랑 슬슬 수다를 떨기 시작하셨어요. 죽이 잘 맞대요. 그래 느긋하게 '다 와 가네' 했는데, 순간 진짜 시간이 느려지는 거 있잖아요. 진짜 막 일 초가 한참 가고, 그게 진짜 만화에서만 있는 줄 알았어요. 머릿속에 '어, 내가 지금 아들 역할을 하고 있는데 돈을 안 줘도 될까?' 이리 생각이 드는 거예요.

생각해 봐, 아빠가 "아들아, 집에 다 왔다." 이랬는데, "여기 아빠 이천 원", "오케이. 아들 여기 오백 원." 이게 안 되잖아요. 이게 안 돼 이게. (청중 웃음)

그래가지고 내가 딱 생각을 해 보니까, '야 이거는 그냥 내려도 아저씨가 뭐라 말을 못 하겠네.' 이래가지고 순간 다 와가지고, 최대한 빨리 이 포즈가(뛸 듯한 자세를 취하며) 있거든요. 요래가지고, 확 튀어 나가는 포즈가 있어요. 이제 포즈를 취하고 있는데, 순간 양쪽에서 요 악마 있고 '돈 안 내고 내려.' 요쪽에 천사가 딱 떠가지고 '안 돼, 그럼 안 돼.' 이러는데, 진짜 아 일 초가 거의 한 시간 정도였어요.

가는데 순간 고민하다가 '에이 천 원만 해야지.' 해가지고 천 원짜리 딱 꺼내고, 그런데 천 원만 하려고 하니까 미안한 거예요. 왠지 그냥 내는 거 같고. 아까 말씀드렸죠, 천 원짜리 두 장 밖에 없다는 거. 이제 이천 원은 또 제가 오백 원 손해 보잖아요. 찝찝한 거예요.

이러면서 진짜 고민하다가 딱 다 왔다는데, '에이 어쩔 수 없다. 내가 오백 원 손해 보고 말지. 이런 것도 나중에 좋은 경험 되겠지.' 하면서 이천 원을 두 번 이렇게 길게 접어서 차 시트에 이렇게(시트 높낮이를 손으로 표시하며), 요 틈 알죠? 아시는 분 아실 텐데. (청중: 알아요 알아요) 대나무 틈에다 이천 원을 딱 꽂아 놓고, "아빠 안녕히 가세요." 딱 내렸거든요. 그 아저씨가 왠지 "어, 저저저……." 이렇게 부르는 것 같았어요. 그렇지만 저는 돈 꽂았으니까.

이제 안경점에 가서 안경 하나 고치고, 근데 안경점이 우리 아빠 친구라가지고 이게 이게 (손가락으로 깎는 시늉을 하며) 됐거든요. 싸게. 그래가지고 안경 고치고 룰루랄라 하면서 나오는데 저 멀리서, 아저씨가 저를 내려 준 데서 다리를 떨면서 기다리고 계시는 거예요. 순간 진짜 무서웠거든요.

'어, 내 이천 원 못 본 건가?' 이런 생각도 하고. 또 혹시 '내 이천 원 보고도 그런 것 없었다고 막 쌩까는 건가?' 그런 생각이 들었는데, 그 아저씨가 한 거의 이삼천 명의 사람이 있는 시내에서 "찾았다!" 이러더만 쫙~ 달려오시는 거예요. 백 미터 달리기 하듯이. 사람들 다 쳐다보고, 친구들 몇 명 있었는데, "야 저 아저씨 왜 저래?"

순간 당황해가지고. 솔직히 키 이따만 하고, 앞머리 이러고, 옷은 조폭에다, 바지 이런 분이(다시 한 번 키가 크고 머리가 벗겨지고 바지를 배꼽 위로 올리는 시늉을 하며) 막 달려오면 무섭잖아요.

그래가지고 "어~ 왜 이러세요?" 이랬는데, 순간 진짜 놀라가지고. 갑자기 제 손을 딱 잡으시고는 미안하시다는 거예요. 갑자기 제가 당황하고, 어리둥절해가지고 "어 뭐가 미안하시다는 거죠?" 했는데, 아저씨께서 "아 내가 제일 처음에 니가 내렸을 때, 니가 돈을 안 내고 간 줄 알고……." 하면서 속으로 진짜 욕을 하셨대요. 그런데 갑자기 우회전하려고 딱 보는데 돈이 꽂혀 있는 거예요. 이상하게 아까는 안 보이셨대요. 돈이 꽂혀 있는 것을 보고 순간 엄청나게 많은 교감이…….

'아 부끄러, 내가 왜 그랬지. 내가 그렇게 돈 욕심이 많나.' 그런 생각이 쫙 교차되면서 갑자기 진짜 부끄러우셨대요. 그래가지고 뒤에 계신 여자분들에게, "죄송합니다. 제가 아까 거짓말 했습니다." 이렇게 말씀드리고 여자분들한테, "돈은 안 받을 테니, 부탁드릴 테니 여기서 내려 주세요."

여자분들이야 뭐 도착점이 요만큼 남았는데 아이고 공짜다 좋아라 갔대요. 아저씨가 그 다음 바로 유턴해가지고 돌아오셔

가지고 저를 기다렸는데, 제가 그 안경점에서 십 분 넘게 있었거든요, 줄도 기다리고 한다고. 아저씨는 그동안 장사를 했으면 돈 삼천 원은 더 벌었을 텐데, 계속 다리 떨고 계셨던 거예요. 밖에서 저를 찾으면서. 아이 오히려 제가 좀 미안해지더라고요.

아저씨께서 이런 사실을 얘기하고 "너 이제 어디 가니?" "아 집에 가죠." 이러니까, "일로 와. 내가 공짜로 태워 줄게." 이러시는 거예요.

오예~ 해가지고 가서, 아저씨랑 제가 택시 타고 저희 집으로 가는데, 이제 좀 친해졌잖아요, 그런 일도 있고 하니까. 아저씨가 대놓고 저한테 이야기를 하고, 저도 이제 건성으로 안 하고 "아~ 그러셨어요." 이러면서 서로 얘기를 하는데, 알고 보니까 그 아저씨의 아들이 저희 반에 있는 거예요. 저희 학교 저희 반에. 그래서 그 애 이야기도 이것저것, 그 애 욕도 좀 해 주고 하다가, "그 애 어제 선생님한테 개기다 맞았어요." (청중 웃음) 이러다가 저희 집에 왔거든요.

저희 집에 도착하니까 아저씨가, "(주머니에서 뭘 꺼내는 척하며) 잠깐만 기다려 봐." 하고, 뭘 꾸깃꾸깃 하시는 거예요. 저는 '아, 돈 주시는가?' 이러면서 진짜 행복해했는데, 갑자기 전화번호 적힌 것 하나 딱 주시는 거예요. 명함 같은 거.

저한테 주시고, "아 니가 나중에, 어 급한 사정이 있을 때 여기로 전화해. 그러면 내가 아무리 먼 데라도 기본요금으로 해 줄게.” 이러시는 거예요. ‘아~ 오늘 왜 이렇게 운이 좋나.’ 하면 서 받고 갔죠.

이제 제가 그 사건이 있은 이후로, 예를 들어 급한 상황, 거리 는 일단 기본요금보다 더 많이 나가는 거리인데 주머니에는 천 오백 원 밖에 없을 때, 이런 상황이 꼭 있거든요. 그런 상황이면 아저씨한테 전화해서 또 아저씨 차 타고 그 옛날 이야기를 다시 한번 해 보면서 서로 웃고 그러고…….

그런데 이 학년이 돼서는 아저씨를 많이 못 만났거든요, 제가 좀 바빠서. (청중 웃음) 그래도 요즘 택시를 볼 때마다 맨날 아저 씨가 생각나서 웃습니다.

삭은
내 얼굴

김지백(경남 대아중학교 3학년)

대아중학교 3학년입니다. 대아중학교. 제가 일단 이야기의 재미를 붙이기 위해서 말을 놓도록 하겠습니다.

허, 내가 그리 삭았나? (청중: 어~. 어머 어떡해.) 그래, 내가 삭아갖고 나왔다 아이가. 삭은 내 얼굴. 나는 도대회 때도 나가 이걸 했어.

그날 도대회 때 아침에 내가 아부지한테 "아부지 다녀오겠습니다." 그리하니까 아버지가 잠깐 따라와 보래. 그라더마 옷장에서 어떤 이상한 노티 나는 옷을 하나 딱 꺼내더마 "(아버지 목소리로) 지백아, 이거 입고 나가머 니 1등한다." 이리 딱 말씀하는 기라.

"아빠 이건 아입니더. 이건 아~ 그냥 내가 좋은 성적 그냥 상 안 받아도 좋은께 이건 내가 진짜 아빠." 한께, "이거 입으면 삭 아 보인다니까. 이거 입고 가. 이거 입고 가." 이라는 기라. 상 받 고 싶은데 왜.

입고 내가 버스를 타러 갔지. 내가 버스를 딱 타고 천 원짜릴 딱 냈거든. 근데 사백 원을 남가 주야 되는데 백 원 남가 주는 기라. 난 알고 있었어. 내 얼굴이 얼마나 삭았는지. 또 그 옷이 얼마나 노티 나는지 알고 있었기 때문에 "아저씨, 학생인데요." 이리 말할 수가 없는 기라. 솔직히 거기서.

그래서 내가 고마 한숨 푹 쉬고 경상대학교 앞에 딱 내렸지. 탁 내리니까 기분이 묘하대. 다른 아이들은 학교에서 공부하고 있는데 내는 노티 나는 옷 딱 입고 대학교 앞에 서 있은께. 대학 생들도 같이 가고 있는데, 기분이 딱 이상한 기라.

내가 '남명학관'을 찾아가고 있었지. '어디고? 하, 와 이카네? 요게는 하.' 딱 가는데 황금 마티즈가 쫄쫄쫄쫄쫄 따라오는 기 라. 그래갖고 '뭐이고. 뭐이고. 하.' 하고 있는데, 어떤 선생님이 떡 차에서 문을 탁 내리더마 "학생 혹시 남명학관이 어디 있는 지 아십니까?" 이리 물어보는 기라. 그래 내가 "아니요. 전 잘 모 르는데요." 하고 이리 딱 말했거든. 근께 "알겠습니다." 하고 가는 기라. 그래 내가 '중학생인데 왜 나한테 물어보지. 아~ 아~ 아.' 이라는 거라.

그래갖고 접수하러 갔어. 접수하러 가갖고 "안녕하세요. 대아중학교 3학년 김지백입니다." "어. 대아중학교 3학년. 음, 김지백. '삭은 내 얼굴'(접수하던 누나가 자신의 얼굴을 쳐다보는 흉내를 내며) 후웁웁." (청중 손뼉 치면서 웃음) 바로 그라제. 그라고 난 뒤에 어저께도 어떤 누나가 "대아중학교 3학년이야. 어 김지백 '삭은 내 얼굴'. 어허허허허." 자존심 상하데. 그래 내가 내 삭은 얼굴에 있었던 에피소드 같은 거 두세 가지 이야기해 줄 낀데 잘 들어 봐라.

매년 4월 8일이 우리 학교 개교기념일이라. 그래 학교를 안가는데 그날 또 진주동중학교에 소풍이었어. 그래 내가 따라갔어. 허~ 아이 몰래 따라간 거지. 촉석루 가가지고 몰래 놀아도 모르는 거였거든. 한참 재미있게 놀다가 이제 아아들이 모이는 거라, 마치고. 나는 또 뒤에서 팔짱 딱 끼고 있었지. 딱 끼고 있는데 어떤 요맨한 학생이 내한테 쫄래쫄래 뛰어오더만 "(아이 목소리로) 선생님, 저는 줄 어디 서면 돼요?" 이리 물어보는 기라.

아~ 왜! 난 그래가지고 자연스럽게 "저 가서 서믄 된다." 이리 딱 말했거든. (청중 웃음) 근께 "선생님 감사합니다." 이래쌓는 기라.

아따 기분이 진짜……. 그래도 기분이 학교도 안 가고 개교기 념일이고 봄 날씨도 좋고 그래갖고 내가 내 친구랑 마치고 둘이 서 삼겹살 오 인분을 사갖고 집에 갔어.

집에 가는 버스를 탔거든. 내가 그래, 집에 가는 버스를 탔어. 아저씨한테 "안녕하세요." 이라면서 찍었는데, 카드를 찍었거든. 근데 '학생입니다' 해야 된다 아이가. 탁 찍는데 '감사합니다' 기 계에서 그라는 기라. 그래 내가 "아저씨 이거 잘못된 거 같은데 요." 이라니까, 근데 돈은 분명히 육백오십 원 제대로 빠졌어. 근 데 기계에서 '감사합니다' 쌓대. 아~하, 자리에 앉아서 갔어.

집에 가서 삼겹살을 꾸어 무면서 내 친구 이름이 봄인데, "봄 아." 남자예요. 내 친구한테 "봄아, 내가 그리 삭았나? 말 좀 해 봐라. 묵지 말고 임마." 그라믄서 "말 좀 해 봐라. 내가 그리 삭았 나?" 한께 갑자기 젓가락을 탁 낳더마, "지백아, 혹시 너거 집 냉 장고에 삭은 김치 있나?" 이리 물어보는 기라.

그래갖고 내가 씨~ 그날 마이 무갖고 살이 찌, 쪘거든. 이리 살이 찐 게 더 삭아 보이네. (청중: 아~)

그래 두 번째는 내가 이 나이에 군대를 갈 뻔했어. 아침에, 늦 가을이었거든. 그래서 내가 시험 다 마치고 머리 좀 길라 본다 고 한참 머리를 기르고 있었는데, 당시 아버지께서 식사 도중에 뭐라 하는 기라.

"지백이 니 머리가 와 그리 기네. 좀 깎아야 되겠다." 이리 말씀하시데. 그래 내가 "아빠 내 처음 머리 기르는데. 함만 봐주세요. 에~ 아 좀 시험도 끝났는데." 이리 딱 말하니까 아버지가 한마디로 "니 머리 길믄 삭아 보인다." 딱 이리 말하는 기라. 그래 갖고 출근하시면서 만 원을 주시더마는 "니 안 깎으면 집에 들어올 생각 하지 마라"는 거라. 내가 "하 알겠다." 하면서 미용실을 갔지.

문을 탁 열고 "아줌마 안녕하세요. 머리 좀 깎아 주세요." 이란께 대뜸 아줌마가 "(아줌마 목소리로) 아이고, 총각. 내일 뭐 군대 가나?" 이리 물어보는 거라. 내가 "예?" 얼떨결에 "네!" 대답을 했어. 동네 파마 볶던 아줌마부터 해갖고 "아이고야, 학생. 아니, 총각. 고생 좀 하겠네."

내가 떨고 있었거든, 황당해서. 근께 "아이고 괜찮다, 괜찮다. 한 번은 갔다 와야 될 낀데." 이라믄서 내가 점점 당황하고 있었는데 마지막 파마 볶는 아줌마 한마디가 "아이고, 우리 아들은 내년에 제대하는데, 총각 우리 아들하고 너무 마이 닮았다." 이라면서 눈물이 글썽글썽거리는 기라.

그래도 내가 "중3인데요." 이랄 수도 없는 기고. 자리에 앉았어. 자리 앉아서 어떤 누나가 머리 깎아 주면서 "에이 긴장되죠? 괜찮애. 어차피 다 갔다 와야 되는 건데 뭐." 하면서 어깨를 토닥토닥 두디리 주는 기라. 그러니까 착각까지 들데. '내가 군대 가는구나.' 함서. 머리를 삭 깎으면서 징~ 하면서. 누나가 내가 떨고 있으니까 노래를 불러 주는 거라.

"♪집 떠나는 ~ "(청중: ♬ 열차 타고)

아따 진짜 눈물이 탁 고이갔고 그래갖고 이제 탁 '군대 가는구나, 내가 마이 삭았구나.' 그렇게 생각하고 있었는데, 눈을 뜨니까 머리가 거의 다 날라갔어. 앞머리가 남아 있었거든. 내가 이건 사수해야겠구나 싶어갖고 "누나, 앞머리는 남겨 두세요." 말하니까 누나가 어깨를 탁 치더마, "이거 어차피 군대 가면 깎을 긴데 여기서 깎고 가라." 하고 쫘악 밀어 주는 거라. (청중: 박수, 와~)

와따 그래갖고 내가 돈을 주고(이야기꾼이 조금 울먹거리자, 청중 손뼉 치면서 와~), 그때만 생각하면 지금 울컥해가지고……. 돈을 드리고 내 만원 주면서 "수고하세요." 하고 딱 나가니까 아줌마가 "휴가 나오면 또 놀러 와."

내가 그리 삭았나? (청중: 아니에요~) 고맙습니다.

근데 제가 이리 삭아도 대아중학교 총학생회장입니다. (청중: 오~) 그게 이리 삭아도 열심히 했어요, 내가. 학교 일도 하고 후배들한테도 잘해 주고 그런께 아이들이 뽑아 주는 거예요. 우리 학교에서 최초로 운동장에 무대를 설치해서 공연을 했어요. 처음에는 선생님들이 안 된다 안 된다 이랬는데 내 삭은 얼굴을 교장 선생님 찾아가서 들이댔죠.

"(강력한 어조로) 선생님 이거 해야 됩니다. 학생들이 하자 카는데 맨날 안 하믄 안 됩니다. 선생님 함만 밀어 주세요." 하니까, (청중: 손뼉 치면서 와~) 선생님들이 약간 놀라셨어. "으-응." 그래서 아주 축제를 성공적으로 마쳤거든.

그래서 마치고 기분 좋게 집에 쫄래쫄래 가고 있는데 뒤에 경해여자중학교랑 진주여자중학교 이리 진주에 여자중학교가 있어. 놀러 온 거라. 여자아아들끼리 얘기하는 거라.

"와 대아중학교 축제 너무 재밌다."

"맞다. 맞다. 맞다. 어 사회 보는 선생님도 억수로 재미있다." 쌓는 기라. (청중 웃음) 사회는 내가 봤는데. 분명히 학생 두 명이 봤는데. 선생이랑 봤다는데 내가 아니길 빌었는데, 내랑 같이 사회 본 놈은 동안이라. 근게 절대 가를 선생으로 생각하지는 않았을 거고 그래서 내를 선생이라 생각했거든. 요즘에는 딱보고 있으믄 우리 학교가 아직까지 선생이랑 학생이랑 같이 사회 보는 줄 안다. 축제 때.

요즘에 뭐 여름방학 돼서 겨울방학이다 해갖고 성형수술도 하고 돈 들이가 옷도 입고 얼굴도 뜯어고치고 하는데, 솔직히 외모보다 자기 요 내적인 요거(가슴을 치면서) 그걸 더 늘리는

게 훨씬 좋습니다. 삼천만 원 주고 성형수술 하는 것보다 삼천만 원짜리 마음을 가지는 게 더 좋은 사람이라 생각합니다. (청중: 손뼉 치면서 와~) 감사합니다.

우리 가족

김민수(부산중학교 1학년)

저는 부산중학교 1학년 김민수입니다. 오늘 이 자리에서 정말 평범한 저희 가족 이야기를 하나 해 드리겠습니다. 저희 가족은 저랑 아빠랑 엄마랑 첫째 동생, 둘째 동생, 셋째, 넷째, 다섯째, 여섯째 동생까지(손가락을 헤아려 가며) 있습니다. (청중: 우와~)

앞에서 말했듯이 저는 뭐 평범하다고 생각하거든요. 근데 세상 사람들이 생각하기에는 조금 특별하다고 느껴지나 봐요. 그래서인지 동생들과 밖에 나가면 사람들이 이상한 눈빛으로 쳐다보는 거 있죠. 그리고 제일 심한 건 택시 아저씨들. 아저씨들은 우리가 택시 타면 자꾸 우리 보고 "가족이세요?" 이렇게 물어보는데 우리 한 가족이거든요. 그리고 놀라면서도 은근히 보내는 경멸의 눈빛, 정말 억수로 힘들어요. 살아가면서 느껴지는 동정의 눈빛도 경멸의 눈빛도 힘들지만 그냥 견디면서 살아가고 있습니다.

그런데 정말 견딜 수 없는 현실은 말이에요, 어떤 개념 없고 몰상식한 분들이 저희 부모님보고, "어따 쓰려고 애를 그렇게 낳아 댔냐? 지금은 농경 사회가 아니다. 정신 차려라." 실제 우리 부모님보고 '짐승이냐'고 말하는 분들이 계세요. (청중: 어~) 이렇게 살아가면서 가족이 많아서 겪는 어려움이 많이 있습니다.

하지만 정작 더 어려운 건 직접 부딪히는 동생들과의 일이죠. 앞에서도 말했듯이 저에겐 여섯 명의 동생들이 있습니다. 그중에서도 저의 앙숙은 첫째 동생 지수예요. 왠지 이름만 들으면 예쁠 것 같다, 도도할 것 같다 온갖 추측이 난무하는데 현실은 다릅니다. 제 앞에서 소위 말하는 뒷담화를 까고는, 제가 "니 뭐라 그랬노?" 이러면, "(아니꼽다는 듯이) 니 얘기 아니거든. 가라, 신경 쓰지 말고." (청중: 공감된다는 듯 아~) 아~ 아~ 아~ 흥분하지 말고 가기. 정말 더 흥분됩니다.

이렇게 티격태격하면서 위태롭게 지내던 어느 날이었습니다. 제가 다른 날보다 조금 일찍 집에 들어갔는데 어디선가 들려오는 한마디였습니다.

"필수야! 아이, 김민수 그거 진짜 짜증나지 않나? 완전 싸가지도 없고 밥맛이다."

그 말을 들은 저는 정말 화가 나서 지수에게로 달려가 사랑을 베풀었습니다. 근데 사랑을 베풀고 정신을 차리고 나니까 '아, 내가 사랑을 너무 많이 베풀었구나…….' 후회가 되기 시작한 겁니다.

"지수야, 괜찮나?"

"치아라!"

그런데 제가 이렇게 후회에 빠져 있을 때, 제 눈에 보이는 것은, "아빠 무서워요. 형아가……." 울면서 아빠에게 전화를 걸고 있는 둘째 동생 혜수의 모습이었습니다. 그때 든 생각은 '아, 내가 이 동생에게 사랑을 베푼 만큼 나도 오늘 밤 사랑을 되돌려 받겠구나.'

그날 밤 저는 사랑을 많이 되돌려 받았습니다.

그런데 이렇게 동생과 직접 싸운 것 말고도 그냥 동생이 많다는 것만으로도 정말 힘들고 속상했던 적도 있습니다. 제가 초등학교 6학년 때 휴대폰, 다들 하나씩 가지고 계시는 그 휴대폰이 가지고 싶어서 차마 무서운 아빠한테는 얘기 못하고 엄마한테, "엄마, 휴대폰 좀 사 주세요. 다른 애들은 다 하나씩 들고 있는데……." 이 문장을 백 번은 더 말했을 겁니다.

근데 엄마는 휴대폰을 사 주지 않으셨고 그렇게 며칠이 지난 어느 날이었습니다. 아빠가 퇴근을 하셔서 침대에 앉으시면서 말씀하시는 겁니다.

"야, 너희들 다 이리 와 봐라. 너희들 이제부터 휴대폰 같은 소리 꺼내라. 다 들고 팬다, 어! 김민수! 뭐 문제 있나?" (청중 웃음)

아니 세상에 거기에서 아빠한테 문제 있다고 말할 수 있는 아들이 몇이나 될 것 같습니까? 그렇게 휴대폰은 날아가 버리고 다음 날 저녁 엄마한테 따졌습니다.

"엄마! 엄마가 아빠한테 얘기했지? 아~ 왜 휴대폰 못 사 주는데요?"

"미안하다, 우리 집은 가난하고 애들도 너무 많아서 해 주면 감당이 안 돼. 민수야, 미안하다."

그 말을 들은 저는 정말 어린 마음에 엄마를 이해 못하고,

"우리 집이 휴대폰 하나 못 살 정도로 그렇게 가난해요? 내 동생 필요 없다고 얘기했잖아요. 그리고 엄마가 그렇게 책임지지 못할 아기 낳은 거 내한테 미안하다고 해야 되잖아요. 그리고 우리 가난한 거, 많이 가난하다 쳐요, 아빠가 능력이 없어서 돈 못 벌어 와서 가난한 거지!"

그날은 정말 엄마의 눈물이, 엄마의 울음소리가 제 머리를 떠나지 않는 슬픈 하루였습니다. 그 때문에 정말 내 가족을 떠나 버리고 싶다는 생각도 많이 했습니다.

하지만 이런 제 생각을 바꾸게 된 사건이 하나 있었습니다. 한 5개월쯤 전이었을까요. MBC에서 전화가 와서 가족 다큐멘터리를 찍는데 비용도 없고 내용도 알차서 참여하게 됐습니다. 재미있게 포도도 따고 촬영을 끝내고 기차에서 내려서 부산역에서 짐도 확인하고…….

"민수야! 지수야!"

인원 파악을 하는데 다섯 번째 동생이 사라진 것입니다. (청중: 어떡해~) 그래서 저는 '어떡하지, 어떡하지.' 하고 있는데 들리는 엄마의 한마디, "야, 김민수. 니 윤수 안 챙기고 뭐 했노?"

'아 어떡하지' 하는 마음에 부산역 광장 사람 많은 곳에서 "윤수야! 윤수야!" 막 이렇게 정신없이 찾아다니고, 부산역 스피커에서는 "김윤수 어린이, 가족들이 찾고 있습니다." 이런 말 나오고 있었는데, 그때 엄마 휴대폰으로 윤수가 여기 있으니 빨리 데리러 오라는 내용이 나와서 빨리 그쪽으로 달려갔습니다. 그런데 그 옆에 카메라가 있었는데 우리 다큐멘터리 카메라였습니다.

'지금 가면 TV에 나올 것 같은데. 아, 가면 안 될 거 같은데…….'

순간 고민에 빠졌는데 제 몸을 보니까 이미 동생에게 달려가고 있었습니다. 근데 동생 윤수가 제 뺨을 때리고(동생이 힘껏 뺨

을 때리는 시늉을 하며) 우는 겁니다. 카메라에도 찍히고 있는데 정말 어이가 없었습니다. (청중 웃음)

근데 한 달이 지나고 다큐멘터리가 방송되었는데, 화면에서는 제가 정말 어이없어 하고 짜증나 하는 표정이 아니라, 정말 다행이라는 안도의 한숨을 쉬는 표정이었습니다. 그걸 보면서 내가 가족을 버리고 싶어 하지만, 떠나고 싶어 하지만 그럴 수 없는 아이라는 것, 가족 또한 나를 항상 생각해 준다는 사실을 알았습니다.

여러분 저는 여러분께 꼭 드리고 싶은 말씀이 하나 있습니다. 요즘 저희 가족이 어떻게 지내는지 궁금하시죠? (청중: 네~) 사실 제 동생들은 제게 진심으로 미안하다는 말을 절대 안 하거든요. 오히려 가족이 많기 때문에 각자 자기가 할 일은 알아서 하고 그냥 피해 안 끼치려고 해요. 그런데 제가 중학생이 되고 나니까 왠지 그런 가족은 가족이 아닌 것 같다는 생각이 들어서 제가 책상도 먼저 정리해 주고 물건도 빌려 주고 하니까 동생들이 처음으로 고맙다는 말을 하기 시작했습니다. (청중: 우와~) 이젠 저도 맏이답습니까? (청중: 네~)

여러분 저는 여러분께 꼭 말씀드리고 싶은 게 한 가지 있습니다. 가족은 많으면 많을수록 그 사랑도 더욱 커진다는 말이요. 하지만 가족이 적다고 고민하지 마세요. 그 가족만의 사랑이 있고

58

행복이 있으니까요. 여러분이 가족과 함께 누리는 행복이 점점 커질 수 있기를 바랍니다. 가족은 짐이 아니니까요. (청중 손뼉)

* 김민수 학생의 〈우리 가족〉은 전국대회 동영상이 남아 있지 않아, 부산대회 동영상을 실었습니다.

하도분교 이야기

곽동현(전남 고흥도덕중학교 3학년)

안녕하십니까? 저는 고흥도덕중학교 3학년 곽동현입니다. 많은 선배님들과 선생님들께 양해를 구하고 말을 놓겠습니다.

자~ 나가 몇 살로 보이야? (청중: 열여덟? 열아홉?) 나 말이 다 사연 있는 말인디 잘 들어 봐.

나가 옛날 옛날 쩌게[1] 하도분교라는 곳에 입학식을 하러 갔응께. '하도'라는 거 '새우 하' 자에 '섬 도' 자, 쩌께난[2] 마을이여.

---

1 저기에
2 조그마한

근디 학교에 전교생이 나까지 해서 일곱 명. (청중 웃음) 그날이 입학식잉께 얼굴도 깨까시 씻고 옷도 좋은 놈을 입고 학교를 갔는디, 나가 이렇게 어리둥절해갖고 딱 서 있는디 누가 뒤에서 탁 침시롱,

"너그 동상 입학식 보러 왔냐?"

아무리 나이가 많아 보인다 캐도 벌써 입학한 애기로 보다니, 그때 처음 부모님이 원망스럽더라고. 그래갖고 집에 가면서도 꼭 물어봐야지 물어봐야지 하고 갔어. 갔는디 엄마께,

"엄마, 나 왜 이렇게 낳았어? 좀 멋있게 낳아 주제."

긍께 엄마가 또 다른 표정이 나오셔.

"(엄마 목소리로) 나도 니가 내 아들인 기 믿겨지지 않는다."
(청중 웃음)

사실 우리 엄마는 나하고는 완전히 딴판이여. 우리 엄마가 고기를 잡거든. 우리 아빠하고. 우리 엄마는 모자 쓰고 화장하고 옷 입으면 아랫동네 윗동네 모르는 총각들이 졸졸 따라와 부러. 그렇게 말하는 엄마 맘은 얼마나 아팠겠어. 갖고 나는 이 얼굴 이런 거 잊어뿐지고³ 살기로 했어.

그 다음 날 완전 첫 수업. 선생님이 애들 딱 불러 놓고 목에

---

3 잊어버리고

힘을 줌시 이야기를 하더라고.

"너그 햇빛이 너무 따갑게 지면 학교 오지 마라. 또 눈이나 비가 오면 학교 오지 마라."

마, 진짜 죽이네요. 근디 이게 참말인지 거짓말인지 몰랐어. 그래갖고 인제 학교 가다 보면 언덕이 있거든. 그래갖고 거기서 회의를 해.

"야, 오늘 학교 가야? 마나? 가야?"

이거 어디까지나 엿장수 마음이여. 엿장수가 가위질할 때 어디 계획서 놓고 하디? 아이제? 학교 가면 가고 안 가면 바닷가에 그 조개를 잡으러 와. 그 조개 딱 잡으러 가모 해가 딱 저물어 오면, 선생님이 철수와 민홍이 애들이 조개를 잡고 있다 그러면 수학 공부를 해.

"철수 잡은 조개 몇 개니? 민홍이 잡은 조개 몇 개니? 딱 더해. 몇 개여?"

하고 자연 공부로 넘어가.

"이 조개는 무엇을 먹고 사니? 이 조개는 뭘 먹고?"

근디 지금 철수하고 민홍이 나 응원해 주러 왔는디 한번 소개 좀 시켜 주께요. (청중: 손뼉 치면서 소리를 와~ 지르며 웃음, 철수와 민홍이 나오는데 둘 다 야위고 키가 작다.) 자자자~ 여기는 나 친구 (철수, 키가 작아서 대조되자 청중들이 소리를 지르며 웃는다.), 여기도 나 친구(민홍이, 청중들이 손뼉 치면서 웃는다.). (셋이 미리 준비한 듯이 손을 포개며) 하도 하도 파이팅! (철수와 민홍 들어가자, 청중들이 소리를 지르며 손뼉을 친다.)

자, 우리는 수요일마다 도시락을 싸 와. 수요일마다. 근디 선생님이 1번부터 7번까지 진열해 놓고 도시락을 한 번씩 뺏어 묵는다고. 아, 근디 그날따라 나가 무지하게 배가 불렀어. 근디 선생님이 묵으라고 눈치를 준게 할 수 없이 묵기는 묵어야 되는디, 요오서(엉덩이를 가리키며) 막 신호가 딱! 손가락 틀어막고 화장실로 막 달렸어.

이 자세로(앉아서 똥 누는 시늉을 하며) 시원하게 누고 화장지를 마는디 화장지가 퐁 빠졌어. 밑에. (청중 웃음) 이 자세로 오 분 동안 말문이 놔 버렸는디, 안 돼, 방법이 없어. 바지 벗어. 팬티도 벗어. 팬티 손에 쥐어. 이 씨~ (뒤를 처리하는 자세로) 엠보싱이 따로 없당께.

그걸 인제 쓰레기통에 버리고 시원하게 일 보고 나왔는디, 인제 청소 시간이라고 막 바닥을 물걸레로 빡빡 닦고 그래야 되는디, 희심이라고 졸랑대는 애기가 있는디 그걸 또 쓰레기통에서 주워 삐갖고,

"(팬티를 들고 흔드는 척하며) 이거 누구 거냐? 이 빤스 누구 건가?"

난 바지를 잡고 놀래갓고, 그때 희심이가,

"야! 모두 바지 벗어."(청중 웃음)

나 혼자 잡고 가만히 있었어.

희심이가 "너 왜 안 벗냐? 니 혹시?"

그러더만 여섯 명이 달려들어 싹 뱃겨 부러. 그날부터 난 똥쟁이가 돼 부렀당께.

그렇게 똥쟁이 별명을 듣고 봄 여름을 보내고 이제 어느 가을날이었어.

가을날 체험 학습을 하거든. 체험 학습 하러 가는데 몇 명 있었어. 우리 집 옆으로 살살 돌아가면 자갈밭이 있거든. 자갈에다 고구마를 딱 꿉고 있는디 바람이 갑자기 불더마 산에 붙어 부렀어. 이거 난리 났어, 이젠.

철수랑 나랑 "어짜까? 어짜까?" 하다가 집에 울면서 가 버렀어. 긍께 온 동네가 난리가 났어. 우리 집이 학교하고 제일 가깝거든. 그래갓고 거기다 호스를 이어갓고 불을 끄기는 끄는디 학교가 난리가 나 부렀어. 이게 뭐 다 타갓고 인제 아무것도 없고. 그날 딱 선생님이 거기를 갔어. 출장을 가갓고 몰라, 아직 불난지.

그래갓고 그 다음 날 학교에 왔는데 교실에 책상도 없어. 철사만 이렇게 남아 있어. 선생님이 무표정으로 딱 들어와갓고, 선생님 눈빛이 이상했겠지. 우리는 오리발 작전으로 나갈라고 죽어도 안 했다고.

선생님이 "기다려라." 하고 딱 나가.

뒷산에서 몽딩이 요따만 한 거 두 개를 갖고, "니! 나와."

먼저 내리면 무조건 작살나. 나 먼저 디지게 뚜디 맞고[4] 나가 갖고, 선생님 차가 운동장에 딱 세차를 해 놓고 대기해 있다고. 그때 딱 맞을 때 잘못은 생각도 못하고 복수심에 불타갖고 선생님 주유구 있거든. 주유구 뚜껑을 띠갖고 버려 버렸어.

그 다음 날 선생님이 딱 와갖고 무표정해.

"(선생님의 표정과 목소리를 흉내 내며) 이제 이 학교는 없어진다."

나는 제일 처음에 그 주유구 뚜껑 없다고 장난치는 줄 알았어. 그래갖고 우짜까 이젠.

"선생님, 주유구 뚜껑 찾아 줄 끼니께 수업해요 그냥."

긍께 선생님이 군밤을 주면서 눈물을 딱 흘리더라고. 그래갖고 나는 누가 울었는지 몰라, 처음부터 운께 막 교실이 물이 젖어갖고 나는 그래갖고 그 버린 장소에 가갖고 얼른 주워다가,

"선생님, 여기 있어요. 우리 수업해요."

긍께 선생님이 날 안아 주시면서 계속 울더라고.

---

4 뚜디 맞고 : 두드려 맞고

갖고 그 다음 날, 그 다음 이젠 도화면 소재지 있는 학교로 가는 날이야.

소재지 학교 지금까지 다니고 있는디 아직도 나 머리통, 얼굴 갖고 논당께. 글고 난 머리통이 좋아. 중요한 것은 마음잉께.

그리고 나는 자연 속으로 스스로 던져 주셨던 그 선생님께 감사하고 지금 어디에 살고 계신지는 모르지만 그 선생님께 정말로 감사드립니다.

촌놈들의 읍내 나들이

곽철수, 김민홍(전남 고흥도화중학교 3학년)

도화중학교에 다니는 김민홍, 곽철수입니다.

〈민홍이, 철수 이야기〉

민홍 : 우리가 사는 곳은 쬐깐한 섬인디, 섬이다 본께 우리 마을 어른들은 다 어부여. 우리 엉아들 엄마 아빠하고, 우리 엄마 아빠하고도 예외는 아이제. 우리 마을은 또 섬에서도 엄청 꼴창[1]이거등. 그래갖고 테레비도 두 군데백이 안 나와. (청중 웃음) MBC, KBS-UTV.

---

[1] '골짜기'를 일컫는 전라도 말

와 그래갖고 할 것도 없어. 인터넷? 잘 안 돼. 뭐 피시방, 오락실 너그 댕기제? 우리는 멀어가주고 갈 수도 없어. 그래갖고 우리가 맨날 하는 거는 산으로 돌아댕기고, 바닷가로 댕기면서 고기 잡고 수영하고 낚시하고, 공부(뒷머리를 긁으며)하고…… 이런 거 하거든. 그래도 심심해. 초등학교 때는 얼마 심심한지 모르고 자랐어. 뭘 모릉께. 중학생이 된께는 저 읍내 있는 도시는 어떻게 생겼으까 궁금해져가지고 어느 날은 '한번 가 봐야 되겠다.' 하고 생각하고 있는디,

철수 : 어느 날 야가 이빨이 애리다고 같이 병원 좀 가자네. 그래갖고 읍내 가는 버스를 탔어. 근데 아저씨가 나한테 이라더라고.

민홍 : "초등학생 400원, 중학생 750원. 어이, 학생 400원."

철수 : 아 나, 환장해 분다. 나 중학생인데 초등학생 취급해 분다. 환장하겄네. (청중 웃음) 고개를 갸웃거림서 쳐다봤제. 아저씨가 나한테 하는 소리가 이라더만.

민홍 : "아야 학생, 넘어지겄다. 형 옆으로 서라, 서라."

철수 : 나 환장해. 그 옆에 있던 민홍이는 웃음보가 터질락 말락 그람서 나한테 이라더만. "아이, 니가 그라믄 나 어떡해? 쪽 팔린다야."

그래도 너그 같으믄 어쨌겄냐. 사내대장부가 삼백오십 원에 머 나이를 팔아야 되겄냐. 그래도 솔직히 민홍이 동생인 양 민

홍이 옆에 딱 서 있는디 민홍이가 이라더만.

　　민홍 : "철수야, 형이 읍내 가믄은 맛난 것도 마이 사 주고 오락실 가갖고 오락도 시키 줄 낑게, 절로 가믄 넘어징께 형 손 꽉 잡고 있어라잉."(청중 웃음)

　　그래갖고 와 나 읍내 도착해 본께 확 틀려 부리더만. 집도 우뚝 서갖고 허벌나게 크고, 차도 요리 쌩 조리 쌩 허벌나게 막 달리더만. 요런 좋은 구경들을 마 하고 댕기는디,

〈민홍이 이야기〉

　　갑자기 덩치 좋은 형 세 명이 딱 우리 앞에 딱 오더만. 우리 무서워갖고 길가 쪽으로 살살 돌아가고 있었제.

　　우리 길을 딱 막더만, "야, 따라와." 그라는디 무서워가지고 우리는 눈빛 교환을 한 번 한 뒤 막 달렸어. 얼마나 빠릉가 뒤에서 달려오면서 여길(목덜미를 가리키며) 딱 잡혔어. 잡혀가지고 딱 끌려갔지. 터미널 뒤쪽으로 가믄 으슥한 곳이 있더마.

　　딱 가서 한다는 소리가 "야, 돈 있으면 다 꺼내 봐라."

　　나는 이 생각을 했어. '여기서 돈을 뺏기믄 집에를 못 간다.'

　　이런 생각을 하면서 "없어." 그랑께 또,

　　"야, 십 원에 한 대씩인께 얼릉 꺼내 봐." 이라고.

　　"죽어도 없다." 그랬어.

근디 나가 가지고 있는 돈이 삼만 원. 십 원에 한 대씩이믄 나 머리로는 계산을 못하겄어. 계산을 못헐 만큼 많은 거거등. 그래도 없다 그랬어.

"야, 진짜 죽고 싶냐?"

난 그래 여기서 좋은 생각 하나를 했어야. 당당하게 말했어.

"우리 아버지가 누군지 알어?"

그 형이 딱 그라더만.

"누군디?"

"우리 아부지, 경찰 서장님이여."

딱 이랬지. 그랑께나 난 예서 보내 줄 줄 알았거등. 이렇게 말하믄 무서워갖고. 근데 그것이 아니여.

핸드폰을 딱 꺼내더만, "전화해 봐. 오라 그래."

미치겠는 거여. 아무 번호나 기양 눌렀제. 아무 번호나 누르고 딱 받았어. 어떤 아저씨가 딱 받데.

"여보세요. 아빠, 나. 아이 처음으로 읍내 왔는디, 이거 차를 뭐 타야 될지도 모르겄고 이거 돈도 하나도 없네유. 나 좀 델러 오세유. 터미널인가 뭔가 거근데유."

딱 끊었어.

그랑께, "너그 마을 몇 분 걸려?"

"한 사십 분 걸리는디유."

"니 사십 분 있다 안 오면 죽는다."

나 엄청 무서웠어. 왜? 우리 아버지 누구여? (청중: 어부~) 그렇지. 어부여. 아부지 바다에 가서 고기 잡고 있는데 여그 올 수 있어? 못 온다 이거여.

그래갖고 저기 딱 있는디, 저 멀리서 불이 빤딱빤딱 하더만 경찰차가 '이요이요이요' 하면서 오는 거여. 나는 잘됐다 해갖고 형들한테,

"저 우리 아부지 차여. 저 우리 아부지 차. 형들 오늘 죽었다." 하믄서 막 달렸어. 달려갖고 차를 우선 세우고 딱 탔지.

"(손으로 싹싹 비는 시늉을 하며) 아저씨. 우리 아빠 역할 한 번만 해 주세요. 우리 아빠 어부인디요, 나 경찰 서장님이라 했어요. 제발."

알았다 하믄서 고개를 까딱까딱 하믄서 내리데. 아, 나 따라서 내릴라고 차 문을 여는디 문이 안 열려. 그거 알아야? 경찰차는 뒷문 안에서 못 여는 거. (청중: 오~) 범죄자들 도망가는 거 막기 위해. 몰랐제?

그라고 인제 포기하고 안에서 딱 지켜보고 있는데, 이라고 막 고개를 까딱까딱하고 손짓을 몇 번 한께 형들이 없어야. 도망을 가. 나도 아저씨한테 차에서 내려 주라고 했제.

너그들 옛말에 이런 속담이 있어. 호랭이 굴에 들어가도 뭐?

(청중: 정신만 차리면 산다!) 그렇지. 정신만 차리면 된다 그거여. 그거랑 똑같애 이것도. 깡패들이나 무서운 형들을 만나도 정신만 바짝 차리고 있으므는 돈도 안 뺏기고 얼마나 좋아. 그랑께 느그 정신 바짝 차리고 있으라고.

그라고 인자 아저씨한테 인사를 하고 딱 우리는 치과에 갔다 나오는디, 집에서 씻고도 안 하는 놈이 이라고(철수가 민홍이 어깨에 손을 올리고),

〈철수 이야기〉

"야, 처음으로 읍내에 나왔는디 그냥 들어갈 수 없제. 목욕탕에 가갖고 때도 밀고 광도 내야지."

그래갖고 우린 목욕탕으로 발길을 돌렸어. 웜마, 근디 나 거그서 나가 또 키 작은 덕을 봐 부렀제. 들어가갖고 야가 먼저 이천팔백 원을 내더라고. 나도 따라서 냈지. 근데 아줌마가 나만 천사백 원을 남가 줘. (청중 웃음) 그라고 본께 초등학생은 천사백 원, 중학생은……. 뭣이여 나를 또 초등학생 취급을 해 분 거여. 그래갖고 아줌마한테 당당하게 말했어.

"아줌마, 제가 이래 봬도 이 학년이에요, 이 학년."

민홍 : "아이구 아따, 니가 초등학교 이 학년인께 그래서 나가

72

천사백 원 안 거슬러 주디."

나 환장해 부러. 그래갖고 아줌마한테 다시 한 번 말했지.
"초등학교 이 학년이 아니고 중학교 이 학년이에요. 중학교."
긍께 아줌마가 하는 말이,
"아이 니가 아무리 중학생이라 해도 그렇게 키가 작아갖고 목
욕탕 물 어디 한 바가지라도 쓰겠냐. 아따 아줌마가 오늘 인심
팍 써 부렀다. 사백 원 뚝 잘라가 그냥 천 원만 내고 들어가 부
러."(청중 웃음)
남자의 자존심이 있지 그냥 들어갈 수 없제. 그래갖고 아줌마
한테 따지러 갈라고 그라는디, 옆에 있던 야가 이라더만.

민홍 : "야야, 어른들 성의를 무시해도 그거 예의에 어긋나는
거여. 그냥 장학금이다 생각하고 받아 둬."

장학금 받은 기분으로 인자 들어갔제. 빡빡 밀면서 생각을 하
니 요 키 작은 게 보통 좋은 일이 아니더만. 환경오염에도 도움
이 돼. 요기 맨날 하는 거 숨 쉬는 거. 요 이산화탄소 내뱉잖여.
우린 콩팥이 요 작아갖고 요 이산화탄소 쪼끔 내. 우리가 밥을
쪼끔 먹어. 요깃(엉덩이를 가리키며)도 쪼끔 싼다고. 또 마지막으

로 요거. 목욕을 할 때 인자 물도 쪼끔 쓴단 말이여. 요고 수질 오염에도 도움이 돼. 얼마나 이로운 사람이여, 나가.

요런 생각을 하믄서 인자 밖으로 나갈라는디,

〈민홍이 이야기〉

아줌마가 양손에 아이스크림 두 개를 딱 들고 있더라고. 한나는 이렇게 크고 한나는 쬐깐해. 뭐 묵다 버린 거같이. 그라더만 이거는 큰 놈을 주고, 난 쬐깐한 놈을 주네. 아, 나 참 억울해갖고 딱 있는디 철수한테 주믄서 이라더라고.

"아가, 이거 묵고 마이 커라." 하믄서 머리도 두 번 쓰다듬어주고, 궁뎅이도 토닥토닥. 와, 나 인자 읍내에 나올 때 키를 좀 작게 하고 올라고. 지금도 작긴 한디 더 작게 하고 온다고.

그래갖고 우리 마을에서는 키가 크믄 이거여. 일도 잘하게 생겼지요. 이렇게 들고 나르고. 글고 넘의 집 감나무 높이 열려 있는 거 감이라도 하나 더 따 먹을 수 있고 이 얼마나 좋아? 키가 크니께. 근디 읍내 나온께는 키가 작응께 좋은 일이 한두 가지가 아녀.

〈철수 이야기〉

봐 봐. 너그들 키가 요러코롬 작으믄 좋은 일이 요렇게 많이 생긴다고. 느그들 이거 끝나고 나 키 작다고 놀리지 마라. 기분 나쁘다. 만약에 너그 가장 친한 친구 중에 키가 나같이 작은 친구들이 한 명씩 있어. 놀리지 마. 나 가만 안 놔둔다잉. 만약에 그거 누가 놀리고 있다 그라믄 나한테 전화를 해. 전화번호 갈카 주께. 010에 새우깡에 자기작. 다여. (청중 웃음)

재미있었나요? 여러분도 어릴 때 개나 고양이, 학교 앞에서 파는 병아리나 친구에게 얻은 햄스터를 길러 본 적이 있지요? 시골 외갓집 개 튼튼이에게 쏟았던 애정과 튼튼이를 길렀던 외할머니에 대한 추억을 다룬 〈외갓집 개 튼튼이〉, 얼굴이 삭아 보여서 늘 놀림 아닌 놀림을 받고 더러 황당한 상황을 겪기도 하는 이야기를 담은 〈삭은 내 얼굴〉, 가족이 많아 억울하기도 하고 속상하기도 하지만 그래도 가족이어서 좋다고 이야기하는 〈우리 가족〉. 이 이야기들은 우리 주변에서 흔히 겪을 수 있는 일들을 소재로 하고 있습니다.

낚시를 하러 갔다가 입에 구멍이 났는데 다음 날이 리코더 시험이라 더 난감했던 〈아빠와 함께 한 낚시〉, 택시를 탔다가 우연히 기사 아저씨와 인연을 맺게 된 〈택시의 추억〉. 이 이야기들은 그 순간은 당황스럽고 힘들었지만 돌아보면 재미있고 조금은 특별하게 남은 추억을 담고 있습니다.

〈하도분교 이야기〉는 시골에서 태어나고 자라 학교를 다닌 아이들이 도시와는 다른 시골 학교만의 재미를 누리다가 학교가 폐교가 되면서 겪는 안타까움을, 〈촌놈들의 읍내 나들이〉는 단짝인 키가 작은 철수와 키가 큰 민홍이가 중학생이 되어 읍내 구경을 나왔다가 겪었던 일을 주거니 받거니 다루었습니다.

전국 곳곳의 아이들이 서로 다른 이야기를 하고 있지만, 이 야기를 들을 때 우리는 '아, 나도 저런 적 있어', '맞아, 그 때 진 짜 억울했는데……', '참, 그럴 수도 있겠네.' 하면서 같이 웃고 고개를 끄덕이고 눈물을 찔끔거리기도 합니다. 〈외갓집 개 튼튼이〉를 읽다가 누구보다 나를 예뻐해 주었던 외할머니 생각이 불쑥 나기도 하고, 〈삭은 내 얼굴〉에서는 키가 작아서 혹은 외모가 마음에 들지 않아 혼자 괴로웠던 순간도 떠오릅니다. 삭아 보여서 늘 당황스러운 순간을 맞으면서도 자신감 있는 김지백 학생이 멋지다 싶기도 하고, 하도분교에서 있었던 일이나 읍내 나들이에서 겪었던 일을 이야기하는 촌놈들이 당당해 보이기도 합니다. 낚싯바늘에 입술이 낚인 전병현 학생과는 다르지만 친구들과 장난치다 혹은 교통사고로 크게 다쳤던 사건이 떠오르는 친구도 있을 테고, 〈우리 가족〉을 읽다가 형이나 누나와 비교돼서 속상했던 일이나 엄마를 속상하게 해서 미안했던 일이 생각나는 친구도 있을 테지요.

돌아보면 주위에서 흔히 겪는 일인데, 이처럼 평범한 이야기들이 상을 받게 된 까닭은 무엇일까요? 우리는 새로운 이야기나 상상 속 이야기를 들을 때에도 재미를 느끼지만, 흔히 있는 일이고 나에게도 일어날 수 있는 일을 들을 때에도 재미를 느낍니다. 비슷한 일을 겪었지만 나는 생각지 못했는데, 친구의 이야기를 들으면서 깨달음도 얻고 내가 겪은 일도 다시 한번 돌이켜 보는 재미가 쏠쏠하지요. 게다가 친구들의 이야기에는 이야기를 생생하고 재미있게 만드는 요소도 깨알같이 숨어 있답니다.

　〈택시의 추억〉에서 한결이는 안경을 고치러 가기 위해 택시를 탔다가 뜻하지 않게 기사 아저씨의 아들이 되고, 돈을 두고 내렸는데 그 사실을 몰랐던 기사 아저씨와 오해가 풀리면서 더 친해지게 됩니다. 한결이가 안경점에서 나왔을 때 기사 아저씨가 기다리는 것을 보고 왜 기다린 것일까 궁금해하며 이야기를 듣게 되는데, 만약 여기서 한결이가 기사 아저씨의 오해가 풀려 자신을 기다린 것이었다는 사실을 먼저 이야기해 버렸다면 긴장감이 없어져서 듣는 재미가 덜했을 겁니다. 한결이는 자신이 이미 겪어서 알고 있는 결말을, 일부러 정보를 숨기고 감춰 들는 사람들이 궁금하도록 만들어 이야기에 재미를 주었습니다.

〈우리 가족〉에서는 단순히 가족을 소개하는 것처럼 보이지만 가족들과 겪은 수많은 사건 중에서 가족이 많아 은근히 마음고생 했던 일을 앞서 이야기해서 사람들의 공감을 얻어 낸 다음, 동생들과 다투어 부모님의 마음을 아프게 했던 일을 말했습니다. 그리고 동생을 잃어버린 줄 알고 너무나 놀랐던 일을 마지막에 놓아, 싫고 미운 때도 많이 있지만 그래도 역시 가족은 걱정스럽고 소중한 존재라는 것을 깨닫게 했습니다. 자신이 겪은 일을 그저 털어놓는 것 같지만, 앞서 말한 바와 같이 가족이 많아 겪는 서러움으로 공감을 얻은 다음 가족 간의 갈등이 시작되고 깊어지고 최고조로 달려가다 해결되도록 이야기를 구성하여 이야기에 빨려 오도록 만든 것이지요.

마치 그 자리에 있었던 것처럼 만드는 실감나는 대화와 장면 묘사도 빼놓을 수 없습니다. 〈아빠와 함께 한 낚시〉에서 '깔끔병에 이중인격자'인 엄마는 아빠가 있을 때에는 "여보, 오셨어요?" 하다가 아빠가 없을 때는 "요 새끼들, 때려 죽이삘라. 파리채 가와라." 하고, 동네 사람들이 있을 때에는 아빠의 아내로서 이미지 관리를 하지만, 동네 사람들이 없을 때에는 외딴 데로 데려 가서 "오늘 집에 가서 매 타작 좀 하자, 이 시끼들아." 합니다. 아빠가 던진 낚싯바늘에 입술이 걸려 입술이 통통 부었을 때, 리코더 연습을 해 보니까 바람이 옆으로 다 새어 나오고 밥을 떠 먹을 수가 없어 죽을 빨대로 빨아 먹는 장면에도 웃음이 절로 터집니다.

〈촌놈들의 읍내 나들이〉에서는 민홍이와 철수가 읍내에 나갔다가 겪게 된 일을 그때 주고받은 대화를 생생히 재연하면서 주거니 받거니 새로운 방식으로 이야기합니다. 〈하도 분교 이야기〉에서는 "이거 누구 거냐? 이 빤스 누구 건가?" "야! 모두 바지 벗어." "너 왜 안 벗냐? 니 혹시?" 하며 같은 반 여자 친구 희심이가 똥쟁이인 주인공을 추적해 가는 장면을 그대로 밝혀 주면서도 정작 자신은 전혀 웃지도 않고 의뭉스럽게 상황을 그려 내었습니다.

경상도, 전라도 아이들은 사투리를 어떻게 이렇게 잘 쓰나 싶습니다. 마치 시골에 계신 할머니 말투 그대로입니다. 〈외갓집 개 튼튼이〉를 말하는 조혜연 학생은 중학생임에도 불구하고 '귀엽다카이', '그케도 얼매나 내를 기쁘고 행복하게 해 주노'와 같은 맛깔스러운 경상도 사투리는 물론이고, '그래가 들리는 소문에 의하면 군자네 할매는 그 집 개한테 뼈도 과 주고 멸치도 과 줬다 카거든. 근데 그때 우리 개가 쪼매 더 컸어. 그래갖고 우리 외할머니는 기분 좋게 군자네 할매 집을 탁 가가 어깨를 사악 피고 "개 잘 크는기요?" 그래가 외할머니 우리 집에 와가 막 웃으시거든.' 하며 외할머니의 말투를 그대로 따라합니다.

〈하도 분교 이야기〉에서 '나 말이 다 사연 있는 말인디 잘 들어 봐.' 하며 구수한 전라도 사투리로 시작하여, '근디', '입학식 잉께', '탁 침시롱', '따라와 부러', '잊어뿐지고'와 같이 전라도 사람들이 흔히 쓰는 사투리를 그대로 자연스럽게 써 가며 이야기를 해 나갑니다.

책을 읽을 때에는 느낄 수 없는 재미가 이야기에는 있습니다. 이야기를 들을 때에는 실제로 책을 읽을 때보다 훨씬 몰입하게 되는데, 왜 그럴까요? 이야기는 이야기하는 사람과 이야기를 듣는 사람이 함께 만들어 가기 때문입니다. 이야기를 하는 사람은 그저 혼자서 자신의 이야기를 늘어놓지 않습니다. 듣는 사람의 반응을 봐 가며, 친구들이 자신의 이야기를 이해하는 정도를 봐 가며, 마뜩치 않을 때 '나가 몇 살로 보이야?'라고 질문을 던지기도 하고, '호랭이 굴에 들어가도 뭐?'라고 물어 청중들이 '정신만 차리면 산다'라고 대답하도록 합니다. 〈삭은 내 얼굴〉의 김지백 학생은 '♪집 떠나는~' 노래의 앞 소절을 불러 청중들이 '~♫열차 타고'라며 뒤 소절을 부르게도 했지요. 이렇게 이야기란 듣는 이와 함께 호흡하면서 만들어 가는 것입니다.

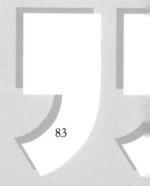

2

옛이야기

메추라기와
여우

나한익(경남 영운중학교 2학년)

안녕하세요. 김해 영운중학교에서 왔구요, 제가 오늘 들려 드
릴 이야기는 메추라기와 여우라는 이야긴데요, 이야기 특성상
반말을 좀 쓸게요. 옛날이야기니까, 들어 주세요.

옛날 옛날에 한 여우가 살았어요. 근데 그 여우가 너무너무
사냥을 못해. 그래갖고 맨날 허탕만 치고 하니까 배가 고파가지
고 뱃가죽이 등가죽에 달라붙었어.

근데 그게 이제 지 죽을 때가 됐나 보다 하면서 바닥에 딱 쓰
러지니까 그 앞에 메추라기가 졸고 있네. 앗싸 잘됐다 하면서
메추라기를 탁 무니까 메추라기가 '아뿔싸' 하는 기야. 깼어 메

추라기가. 그래갖고 꾀를 부린 거지.

'아, 내가 이대로 가면 죽겠구나.' 그래가지고 "여우야 니가 내를 만약에 살려 준다면은 내가 니한테 훨씬 맛있는 거를 먹게 해 줄게."

메추라기가 딱 요만해요. 어떻게 그렇게 작은지 알 수 없지만. 그 메추라기를 여우가 너무 불쌍해서 그냥 살려 줬어요. 그러니까 메추라기가 "자, 이제 내가 맛있는 거를 먹여 줄 테니까 나를 한번 따라와 보거라." 그러면서 앞장을 서는 거예요.

한 시간쯤 걸어가니까 어떤 처녀가 나와. 키 백칠십에 밥함지를 머리에 이고 있어. 근데 얼굴은 ××야. (청중 웃음) 얼굴은 사람한테 중요한 게 아니요.

그 ×× 처녀가 메추라기를 보자마자 "어, 메추라기네." 하면서 반갑다고 달려드는 기라. 그래서 메추라기가 "앗싸 잘됐다." 면서 "나 좀 잡아가이소." 하면서 그런 식으로 다소곳이 앉아 있는 기라.

그러니까 처녀가 앗싸 좋다 하고 밥함지를 내려놓고 쫓아갔는 기라. 이때는 고기를 못 먹었어. 고기가 없었거든. 오늘 남편 맛있는 고기반찬이라도 해 줘야 되겠다 하면서 이래 졸래졸래 쫓아가니까 그때 메추라기가 여우한테 "야, 여우야. 내가 이 처녀 시선을 끌고 있을 테니까 니가 그 처녀의 밥을 먹어라." 하니까 여우가 알았다고, 그래서 순식간에, 18.9초 만에 밥을 다 먹었어. 밥때까리[1] 하나, 국물 하나도 안 남겼어. 그래서 여우가 메추라기한테 "야, 이제 다 뭤다. 데꼬 온나." 하니까 메추라기가 알았대. 그러면서 하늘로 날아가는 거야.

그러니까 처녀가 "아, 놓쳤네." 그러면서 어쩔 수 없이 밥함지로 돌아갔는 기라. 돌아가니까 밥이 하나도 없어. 밥때까리 하나 국물 한 방울 없어. 그래갖고 땅바닥을 치면서 어머니 아버지 부르면서, 18대손 할아버지까지 다 부르면서 대성통곡을 하는데, 메추라기는 못된 놈이야. 들키지도 않고 바로 여우한테 날아가는 거야.

"여우야, 맛있게 먹었나?" 물으니까 여우가 "맛있게 묵었다. 그런데 후식도 하나도 없고 정성이 없네." 하니까 메추라기가 "그래, 그러면 내가 재밌는 거를 보여 줄게. 그러면 되겠나?" 하니까 여우가 또 알았대.

그러니까 메추라기가 또 한 시간 걸어갔어. 한참을 걸어가니까 큰길이 나왔어. 거기에 옹기장수 형제가 있는 거야. 옹기장수 형제가 두 명이지. 형제가 지게를 지고 걸어가고 있는데, 메추라기가 그거를 보고 영감이 떠올랐어. 그래갖고 가가지고 한

---

1 밥풀

옹기에 앉았지.

가만히 있으니까 몇 분 지나서 동생같이 보이는 남자가 쳐다보는 거야. 멀뚱히 쳐다보고 있으니까 맨 처음에 잘됐다 싶어갖고 "야, 돼지!" 이러니까 동생이 화가 났어. 그래갖고 뭐시기냐, 그 골프장에 가면 사장님이 나이스 샷 있잖아. 그때 나올 만한 샷으로 빡 치니까 도자기가 다 깨져 버렸어. 옹기가. 그래갖고 형이 "야! 니 왜 옹기를 다 깨 뿌냐?" 하면서 동생을 막 머라하면서 동생 옹기를 하나하나 처참하게 깨부쉈어. 그러니까 동생이 이제 화가 난 거야. 표도르로 변신해서 암바를 걸어서 동생이랑 싸운 거야.

메추라기 이놈은 그때 또 도망갔어. 근데 이놈이 또 여우한테 가더니 "여우야, 이제 이만하면 만족하지 않았나? 나 이만 가 볼게." 하니까 여우가 아직 만족을 못 했대. "왜?" 하니까 "아직 감정적인 것을 못 봤어. 왜 드라마 볼 때 재밌는 거만 보나? 재밌는 거만 나오면 안 보잖아. 좀 슬프고 그런 것도 있어야 드라마 감질나고 그런 거다." 그러니까 메추라기가 또 알았대.

또 한 시간을 걸어가니까 오솔길이 나와. 대나무 숲인데 사람이 안 보이거든 아예. 메추라기가 여기에 땅을 파래. 그래갖고 여우가 "왜 그러는데?" 하니까 메추라기가 얘기를 안 해 줘. 그래갖고 여우가 "그래, 알았다." 하면서 땅바닥을 파 들어갔는데 땅을 얼마나 잘 파는지 포크레인이 필요 없어. 0.5초 만에 땅을 다 파고 들어가서 코만 내밀고 있어. 메추라기가 "잘했다." 그러면서 땅을 묻어 주고 코 위에 올라가서 앉아 있으니까, 멀리에서 사람이 한 사람 오네. 근데 나무꾼인 것 같애. 나무를 지게를 지고, 지게 작대기를 들고 오는데 그 메추라기가 또 졸고 있는 척을 했어.

나무꾼이 오늘 밥을 못 먹었어. 왜냐하면 마누라가 어디 나갔다가 밥함지를 도둑맞고 왔대. (청중 웃음) 그기 메추라기 때문에 도둑맞았다는 거야. 그래갖고 오늘 메추라기한테 한이 맺혔거든. 그래갖고 눈앞에 메추라기가 졸고 있으니까 얼마나 짜증이 나겠어? 그래갖고 딱 등 뒤에서 나뭇가지를 하나 꺼내가지고 메추라기를 짝 내려쳤지. 그러니까 메추라기가, 근데 졸고 있었던 기 아니거든. 너무너무 잘 피해. 폴짝폴짝 뛰면서 어찌나 잘 뛰는지 캥거루만큼 잘 뛰어.

그래갖고 다 피했는데, 그걸 여우가 다 맞은 거야. 여우 코로. 콧잔등에서 피가 줄줄 나는데, 엄마 아빠 부르고 싶은데, 엄마 아빠 온데간데없고. 여우 진짜 울고 싶은데 울 수도 없고, 울면 나무꾼이 잡아가거든. 그래갖고 여우가 "아, 죽겠다." 이러면서 있는데, 드디어 나무꾼이 갔어.

(여우가) 가가지고, 메추라기한테 "야, 너 왜 그라는데?" 하니

까 메추라기가 "뭐 어쩌라고?" 이러면서 애가 막 건방져졌어. 애가 한 대 때리고 나더만, 그래갖고 여우가 "내 오늘 너를 꼭 잡아먹고야 말겠다." 해가지고 메추라기를 딱 깨물었거든. 깨물었는데 메추라기가 그렇게 잘 피하던 메추라기가, 이제 힘이 다 빠져가지고 못 피한 거야. 딱 깨물려 버렸어.

깨물리고 나니까 '아, 이제 또 잘못했구나. 또 다시 꾀를 부려야겠네.' 이렇게 하고 있으니까 여우가 메추라기를 물었으니까 말을 잘 못하지? "(우물거리면서) 마지막으로 하고 싶은 말은 있나?" 이러니까 메추라기가 "그러면, 불효자식이고 고향에는 병든 어머니도 있으니까 내가 '어머니' 소리 하면 어머니가 못 들을 것 같으니까 네가 우리 어머니 성함 한 번만 대신 불러 줘." 이러니까 여우가 "그래, 알았다." 하니까 "어머니 성함이 뭐고?" 하니까 메추라기가 '김순자 여사'래. (청중 웃음) 여우가 알았다고 "김순자 여사~" 이러니까 입이 크게 벌어져가지고 메추라기가 달아났어.

아, 여우가 '아뿔싸' 해가지고 쫄래쫄래 뛰어가면서 깨물었는데 꽁지밖에 못 문 거야. 그래갖고 메추라기가 꽁지가 빠져 버렸어.

그 뒤로 메추라기는 영원히 꽁지가 나지 않았다고 하고, 이렇게 메추라기처럼 두 번씩이나 꾀를 이용하면은 언제든지 위험한 일도 빠져나갈 수 있을 거라고 생각합니다.

정신없는 도깨비 이야기

김해정(부산 가야여자중학교 3학년)

안녕하세요? (청중: 안녕하세요? 마이크는요?) 마이크 안 할래요. (청중: 오~) 흐흐 제가 정신없는 도깨비 얘기해 드릴게요.

옛날에 요만한(허리 정도까지 온다는 표시를 하며) 예닐곱 살 난 애기가 부모님을 태어나자마자 여의고 혼자서 살고 있었어요. 아, 진짜 불쌍한 거에요. 걔가 혼자 살라니까 너무 힘들잖아요? 근데 남의 일 궂은일 도와주고 한 푼 두 푼 주는 대로 받아갖고 입에 풀칠을 하고 살았어요.

그 날도 얘가 초상집에서 일을 해 주고 돈 서 푼을 받아갖고 집을 막 가고 있었거든요. 가고 있는데 한 모퉁이를 도는데 딱

지만 한 애기가 나와가지고 "(제자리에서 뛰면서 손바닥, 발바닥을 서로 부딪치면서) 아무개야, 아무개야." 요렇게 딱 부르는 거에요.

근데 그 애를 잘 보니까 그게 도깨빈 거에요. 보통 사람들은 도깨비가 뿔이 이렇게(머리 양쪽에 손가락으로 뿔 표시를 하며) 달려서 눈 한 개 있고 어엉~ 요렇게 생각하시는 분이 많은데, 그게 아니에요. 도깨비는 사람하고 똑같이 생겼어요. 딱 요분(앞자리 청중을 가리키며)하고…… 도깨비를 참 많이 빼닮으셨네요.

그 아무개가 도깨비를 보고서도 도깨비인 걸 알고 무시워히면 도깨비가 해코지를 하게 된다는 걸 알고 있었어요, 아무개가. 그래서 애써 태연하게 그래서 "(애기 목소리로) 왜 부르노?" 이렇게 했어요. 일곱 살 애기니까 목소리가 이런 거에요. (청중 웃음)

언제 봤다고 도깨비가 뻔뻔스럽게 막 이라면서(다리를 까딱거리면서) "내가 지금 돈이 없어서 그라는데 돈 서 푼만 내놔 봐라." 하는 거에요.

그러니까 아무개가 너무너무 짜증이 났어요. 서 푼뿐이 없는데 뭘 달라는 거야? 자기가 벌었는데. 그래가지고 "니 주모 꼭 갚을 거가?" 이렇게 했어요.

도깨비가 "(엄지와 새끼손가락을 펴서 약속한다는 듯이 이마에 대며) 아~ 갚는다 갚는다. 내일 저녁에 갚을게." (청중 웃음)

아무개가 "그래 갚, 갚아라." 하면서 이렇게 줬어요. 도깨비가 그렇게 연기처럼 사라졌어요.

아무개가 그 다음 날 저녁에 일을 해 주고 와서 집에서 혼자서 막 놀고 있었어요. 근데 밖에서 "(제자리에서 뛰면서 손바닥, 발바닥을 서로 부딪치면서) 아무개야, 아무개야." 하는 소리가 들리는 거에요. 그래서 아무개가 문을 딱 열고 "아~ 왔나." 이렇게 했어요.

그러니까 도깨비가 "어, 그래. 어제 꾼 돈 서 푼 여 갚았다. 갚았제?" 하면서 가는 거에요.

그래서 아무개가 '아, 그놈 참 약속도 잘 지키네.' 그렇게 생각을 하고 있다가, 근데 그 다음 날에도 "아무개야, 아무개야." 부르는 소리가 나는 거에요.

그래가지고 문을 열어 봤더니 또 도깨비가 와 있는 거에요. '무슨 일로 왔지?' 이렇게 보고 있었는데 그 도깨비가 "아나, 어저께 빌렸던 돈이다." 이렇게 주는 거에요.

"무슨? 뭐? 어저께 줬다 아이가." 이렇게 얘기를 했어요. 도깨비가 "무슨 소리고?" 하면서 "어저께 꾸고 나서 오늘 처음 만났는데 어떻게 갚았냐?"면서 뿌득뿌득 돈을 주고 가는 거에요.

그러니까 아무개는 공돈이니까 그냥 받았어요. 그 다음 날도 그 다다음 날도 계속 계속 주는 거에요.

근데 하루는 너무너무 귀찮아서 "그래, 그냥 거 놓고 가라." 이렇게 했어요. 그랬더니 도깨비가 얼른 가지 않고 머뭇머뭇거리더니 "있잖아, 내가 오늘 심심해서 그러는데 너거 집에서 조금만 놀다 가면 안 되나?" 쿠는 거에요.

그래가지고 아무개가 "그래, 들어온나." 해가지고 도깨비랑 클럽놀이(마치 클럽에서 춤추는 듯한 동작을 하며) 하고 놀았어요. (청중: 웃으며 오~)

도깨비가 아무개 다 찌그러진 냄비를 본 거에요. 그래가지고 그 도깨비가 "아무개야, 니는 어떻게 이런 냄비로 밥을 지어 먹니?" 하는 거에요.

그러니까 아무개가 "(애기 목소리로) 아, 나는 냄비에 쓸 돈이 없어. 우리 집 가난한 거 니도 알잖아?" 이렇게 했어요.

도깨비가 "우리 집에 이런 거 많은데 너 하나 줄까?" 이러는 거에요. 그래가지고 아무개가 "아, 그럼 너무 고맙겠다." 했어요.

그 다음 날부터는 도깨비가 돈 서 푼하고 냄비를 계속 계속 들고 오는 거에요. 그래가지고 냄비를 딱 받았더니 냄비에다가 쌀을 씻어서 밥을 해 먹고 뚜껑을 덮어 두면, 냄비가 알아서 밥이 돼 있고 그러는 거에요. 김이 모락모락하게 발아현미밥이 돼 있고 그러는 거에요. '아, 이거 뭐야. 왜 이렇게 죽여 주는 거야?' (청중 웃음)

밥을 맛있게 먹었어요. 근데 계속 계속 들고 오니까 아침밥 짓는 냄비, 점심밥 짓는 냄비, 저녁밥 짓는 냄비를 따로따로 두고 하나씩 썼어요. 그리고도 너무너무 많이 남아서 그 이웃집에도 한 개씩 나눠 줬거든요.

"(청중석에 앉아 있는 어떤 선생님에게) 선생님 집에도 나눠 주시더죠?"(청중이 네~ 하자 좋다는 반응을 하며)

그래가지고 아무개가 너무너무 풍요롭게 지내고 있었어요. 그런데 그 다음 날 계속 계속 오잖아요, 냄비랑 돈 서 푼이. 그게 너무 귀찮아서 "아이, 거 놓고 가라." 하는데 도깨비가 또 막 망설이더니 "아야, 내 또 너무 심심해서 그라는데 너거 집에서 조금만 놀다 가모 안 되나?" 쿠는 거에요.

그래서 아무개가 "아, 그래. 들어온나." 해 가지고 와~ 타짜놀이(화투 치는 흉내를 내며) 하고 놀았어요. 막 타짜놀이 하고 놀다가 그 도깨비가 아무개의 빨래 다듬이 방망인데요, 이게 너무 닳고 닳아서 요렇게 두드리는 거에요. 도깨비가 그걸 보면서 경악을 하면서 "너는 뭐 이런 걸로 빨래를 다듬니?" 하면서 혼을 냈어요. 지가 뭐라고. (청중 웃음)

아무개가 "우리 집 좀 못 사는 거 니도 알면서 왜 그라노? 왜 억박을 지르고 그러니?" 하면서 그렇게 하고 있었는데, 도깨비가 "우리 집 방망이 많은데 한 개 너 줄까?" 이러는 거에요.

아무개가 "오~ 그래. 그렇다면 고맙겠어."

이렇게 해서 그 다음 날부터는 방망이랑 냄비랑 돈 서 푼씩을 계속 계속 갖다 주는 거에요. 그래가지고 아무개가 그 방망이를 막 이렇게(방망이질 동작) 하면서 "(울먹거리며) 나도 어머니가 있었으면, 어머니가 새 옷 한 벌 해 주시 긴데." 하면서 막 울었어요. 그러니까 거기 방망이질하던 데 새 옷이 나와 있는 거에요. (엄지손가락을 치켜들며) 아~ 죽이네. "금은보화 한번 만져 봐야겠어." 금은보화가 나와 있는 거에요. 새 집하고. (북춤을 추듯이 방망이질을 하며 한 바퀴 돌면서) 막 신이 나 가지고. (청중 웃음) 그 아무개가 완전 부자가 된 거에요. 그러고도 방망이가 너무 남고 남아가지고 남의 집에 다 나눠 줬어요.

"(청중 가운데 어떤 선생님에게) 선생님 집에도 나눠 주더죠?" (선생님: 응)

짱! 그래가지고 그러고 살고 있었는데, 아무개가 이제 팔자가 좀 폈잖아요? 그래가지고 이웃집에 잔치에 놀러 다니고 그랬어요. 잔치에 갔다가 집에 오는 길이었어요.

"(제자리에서 뛰면서 손바닥 발바닥을 서로 부딪치면서) 아무개야, 아무개야." 하는 소리가 또 들리는 거에요. 위에서 들려. 희한하잖아요? 그래서 올려다봤더니 그 도깨비가 막 울고 있어요. 막 흐으흐으~ 이러면서 흐으흐으~ 이렇게 울고 있는 거에요.

그래서 아무개가 "근데, 너 왜 울고 있니?" 하니까 "(울면서 목이 메어) 내 지금 하늘나라에 벌 받으로 가는 길이다."

"니가 무슨 잘못을 했길래 벌을 받니?"

"흐으흐으~ 난 전혀 기억이 안 나거든. 흐으흐으~ 전혀 기억이 안 나는데 우리 집에 자꾸 돈이랑 냄비랑 방망이가 없어지는 거라. 자꾸 내가 살림을 헤프게 살아갖고 벌을 받아야……."

"뭔 말이고, 도대체?"(청중 웃음)

아무개가 그놈을 보고 '아, 저놈이 참 노망이 들었나?' 하면서 이렇게 생각을 하고 있었어요. 근데 도깨비가 하는 말이 더 가관인 게, 막 흐으흐으 하면서 "근데, 진짜 미안. 내가 니한테 주기로 했던 돈 흐으~이랑 방망이 흐으~랑 벌 받고 나서 꼭 갖다주께." 하는 거에요.

'뭐 저런 놈이 다 있지?' 하면서, 그런 얘기가 있었습니다.

돈 안 갚기,
무한도전

박수빈 (광주 수피아여자중학교 2학년)

안녕하세요. 수피아여중 박수빈입니다. (청중 손뼉) 솔직히 앞에서 경상도 언니랑 동생들이 다 재미있게 해서 좀 꿀리는데, 광주 사투리도 재밌으니까 잘 들어 주셨으면 좋겠어요.

이 이야기는 내 친구 세라가 해 준 이야긴디, 제목이 뭐여(이야기 제목을 몰라 게시물을 확인하며, 청중 웃음), 흐흐 제목이 '돈 안 갚기 무한도전'(두 손을 모아서 '무한도전' 동작을 하며)이야.

그런데 옛날 옛날 어느 마을에 돈을 빌렸다 하면 절대 갚지 않는 김 서방과, 돈을 빌려 줬다 하면 이자까지 꼭 받아 내고 마는 박 서방이 있었어. 한마디로 둘은 물과 기름 같은 사이였제.

근디 김 서방이 돈을 빌려야 쓰겄는디, 하도 돈을 안 갚는 사람이라 소문이 나가지고 빌릴 데가 박 서방밖에 없네. 근디 또 마을에 박 서방은 어떤 사람이라고 소문이 나 있냐…… 이자까지 꼭 받아 내가지고 사채업자보다 더 징한 놈이라고 소문이 난 놈이여. (청중 웃음)

그래갖고 '내가 박 서방 이놈한테는 돈을 꼭 안 빌려야 쓰겄다.' 생각하고 있는디 빌릴 데가 박 서방밖에 없네. 그래갖고 어쩔 수 없이 박 서방한테 가서 돈 이백 냥을 빌려 달라고 했네.

근데 또 박 서방은 어때? '돈 안 갚는다고 소문난 놈이 나한테 돈을 빌려 달라고 그래? 김 서방한테 돈 못 받으면 내가 쪽 팔리잖아. 긍게 또 내가 니한테는 돈 이백 냥 내가 꼭 받아낸다.' 요러고 생각하고 돈 이백 냥을 빌려 줘 버렸네.

아니나 다를까 김 서방이 돈 디지게 쓰고 돈 갚을 때가 되니까 갚기가 싫은 거여. 그래갖고 아, 그래갖고 어째 불지? (기억이 안 나서 손을 털며) 아, 맞아. 그래갖고 (청중 웃음) 방에서 딩굴딩굴 하다가 꾀를 하나 냈어. 어떤 꾀였냐 하면, 동네에 김 서방 죽었다고 소문이 나 부렀어.

긍께 아들이 "(소문을 낸다는 듯 손으로 나불대며) 우리 아부지가 죽었당께요, 우리 아부지가 죽었당께요." 하고 소문을 내 분 거야. 그것이 누구 귀에 들어가 부러? 박 서방 귀에 들어가 부러.

박 서방이 그거 들으니까 어때? '어, 이 새끼가 엊그제까지만 해도 돈 빌리러 와갖고는 죽었대 부러? 쪼까 수상한디? 내 죽어도 이 돈은 받아야 쓰겄다.' 이렇게 생각을 했어.

그래갖고 우선은 팔 걷어붙이고 김 서방네 집에 갔어. 그런디 사람들이 울고불고 난리가 난 거여, 초상집인께. 근디 가갖고, "돈 내놔!" 이럴 순 없잖아. 그래서 점잖게 아들을 만나서 인사를 하고 말을 했어.

"자네 아버지가 나한테 이백 냥을 빌렸는디 갚지 못하고 죽어 나자빠져 버렸어. 근다고 슬픔에 찬 자네한테 돈을 갚으라고 하는 것은 쪼까 그제잉? 긍께 나는 죽은 자네 아부지 살점 이백 냥어치를 떼어 가야 쓰겄네."

그러면서 숨겨 놨던 칼을 쑥~(주머니에서 핸드폰을 칼처럼 꺼내 보이며) 하고 꺼내는 것이 아니여. 으매, 으매으매 깜짝 놀래 불제. 왜, 왜? 김 서방이 관 속에 들어 있었거든.

박 서방이 "(화난 듯한 목소리로) 관 뚜껑을 열라고잉. 이백 냥어치 살점 내 놔라." 이러면서 관 뚜껑을 열라고 하믄 김 서방은 관 속에서 얼마나 깜짝 놀랐겄어. 오줌이 찔끔찔금 나오제잉.

근디 꼴에 아들이라고 김 서방네 아들이 나와갖고 말을 했어.

"오매 그것이 뭔 소리다요? 내가 이백 냥 갚아 불란께 그런 소리 할라면 나가시오."

그 말을 들은 박 서방이 그때서야 "(의뭉스럽게 웃으며) 아, 그람 그랄까잉. 그라믄 자네가 좀 갚으시요잉. 내가 돈을 받으러 옴세."이라고 식칼을 숙~ 내려놨어.

근디 관 속에 있는 김 서방이 생각을 해 보니께 어때? 진짜 이러다가 돈 갚게 생긴 거야. 죽었다고 소문 내 놨는디. 그래서 꼬박 하루를 고민한 김 서방은 또 아들을 불러다가 말을 했어.

"내가 부활했다고 소문을 내라."(청중 웃음)

김 서방이 마을에 부활했다고 소문이 쫙 나 부렀어. 박 서방도 돈을 받으러 왔는디, 오매 으쩌까잉, 죽었다던 김 서방이 앉아 있는 거여. 놀라 안 놀라? (청중: 놀라) 놀라제잉.

"으매 김 서방, 뭔 일이당가? 자네 저승 갔다 왔는가?"하고 물어본께, 김 서방이 말을 하는디,

"아니 내가 저승에 갔는디, 저승이 하도 멋지더라고잉. 그래 갖고 내가 저승 구경을 하고 있었어. 근디 어떤 사람이 매를 맞고 있는 것이 아닌가. 그래갖고 내가 어우 저승사자한테 '이 사람(손가락으로 저쪽을 가리키며) 어째서 매를 맞고 있다요?' 물어본께, '아따 몰랐소? 이승에서 돈을 안 갚고 내려오믄 저승에서 매를 맞소.' 이러는 것이 아니여. 근끼 내가 쪼까 뜨끔해갖고 본께 으매 자네 아부지가 아니여. 그래갖고 저승사자한테 '저 사람 몇 대 맞고 있소?' 하고 물어본께, '사백 냥을 안 갚고 와서

사백 대를 맞고 있소.' 그러는 것이 아니여. 근디 마침 또 아들이 저승 갈 때 노잣돈으로 넣어 준 사백 냥이 나한테 있더라고. 그래서 내가 짠한께 사백 냥을 대신 갚았제. 또 자네 아버지를 만났어. '아이고 어르신 이제 되셨소?' 근께 '아따 너 옆집에 사는 김 서방 아닌가. 이 돈은 네가 이승 가면 아들한테 받소. 우리 아들이 줄 것이네잉.' (청중 웃음) 하면서 나를 이승으로 올려 보내 주지 뭔가."

이러는 거여. 얼척¹이 없제. 박 서방이 그 말을 들으니까 어때? 얼척이 없제. 이틀 있다가 바로 나타나 빚이 사백 냥으로 늘어나 부렀어. 얼척이 없어.

와 그래갖고 박 서방 속이 무지하게 착잡해갖고 "으~" 이러고 있는디, 김 서방이 그때사,

"아이고 근디 자네도 내가 이백 냥을 안 갚고 죽어서 속이 쪼까 착잡했제잉? 그래서 내가 그 자네한테 빌린 이백 냥은 빚으로 탕감해 주기로 함세."

이러는 거여. 근데 박 서방은 아니 김 서방이다 김 서방. 김 서방은 박 서방 아버지의 빚을 갚아 준 은인에다가, 빚도 탕감해 준 고마운 사람이 돼 버린 거제잉.

---

1 어처구니

내가 이 야그를 듣고 느낀 것은 쫌 간단한 건데잉. 우리도 뒤에 생각을 해 보면, 아 막 매점에서 "(손을 내밀며 구걸하듯이) 아 백 원만, 아 백 원만." 꼭 이런 애들이 있잖어. 난 그런 애들한테 돈을 준 적 많이 있단 말이야. 그래서 내가 어느 날 생각을 해 부렀어. 얼마를 빌려 줬나. 한 애한테 천 원은 뜯긴 거야, 내가 (화난 듯이 눈을 크게 뜨며). 그래 내가 그 애한테 "야, 저번에 네가 백 원만, 백 원만 해갖고 빌려 간 돈 내놔라." 이럴 수가 없잖아. 그러니까 아무리 사소한 돈이라도 친구 사이에는 돈을 빌리지 말자 하고 느낀 게 내 느낌이야.

내 이야기 들어 줘서 고마워. (청중 손뼉)

제13회
전국
중·고등학생
이야기대회

소금장수 아들

김솔(광주 용봉중학교 3학년)

안녕하세요, 광주 용봉중 3학년 김솔입니다. 반갑습니다. (청중들에게 박수치라는 동작을 함, 청중들 우~)

아, 시간이 넉넉하다 해서 사담 조금만 넣어서 갈게요. 제가, 소금장수 아들을 이야기로 했는데, 이게 아까 〈오늘날 흥부와 놀부〉를 제하고 처음으로 나오는 정식 옛날이야기 같아요, 제 기억에는.

예, 저는 일단 이야기 전개상 반말을 사용할 테니까 비록 어른들은 많으시지만 그냥 그렇게 이해하고 가는 걸로 그렇게 합시다. (청중: 예~)

옛날 옛적에 소금장수 하나가 살았어. 그런데 이놈의 소금장
수가 고민이 하나 있는데, 자기 아들만 눈앞에 보이면 한숨을 푹
푹 내쉬는 거라. 그래서 왜 그런가 하고 봤더니 그놈의 아들이
너무 잘나 부렀네. 누구처럼? 나처럼. (청중 웃음) '전국 이야기대
회' 정도 나왔으면 잘난 거 아니여? 그렇겠지? (청중 손뼉) 잘났
단 말이여. 근데 왜 잘났는데 이렇게 소금장수가 걱정을 하나.

그 당시에는 반상 차별이라는 게 존재를 했어. 반상 차별 아
나? 모르제? 기대도 안 했어. 밥상 아니여, 반상이여. 양반하고
상놈하고 차별을 뒀단 말이여. 소금장수는 상놈 중에서도 완전
천한 상민이어서 자기 아들이 그렇게 잘났는데도 아무것도 할
수가 없는 거라.

그런데 아들은 점점 크면 클수록 더 잘나져가지고는 글을 제
대로 배워 본 적이 없는데 서당 가서 동냥글을 얻어 와가지고
글을 다 뗐어. 나이 열세 살에 사서삼경을 다 뗀 거야. 이 말은,
내가 지금 중3인데, 대학교 전공 서적, 한양대 교수처럼 강의할
수 있게 됐단 말이여. 너무 똑똑해진 거지.

게다가 성품은 또 얼마나 좋은지 자기 어머니 아버지한테 한
번 떼 써 본 적 없고, '왜 나는 이런 신분으로 낳았습니까' 하고
욕 한 번 해 본 적이 없는 거여. 그러니까 아버지는 더더욱 걱정
이 늘어가다가 도저히 이래서는 안 되겠다, 내 아들 좀 잘나게

키워 줘야겠다 싶어가지고는 아들을 한번 불러.

"아들아, 니가 뼈다귀 좋은 집에서 태어났으면은 잘될 놈인데, 니가 내 밑에 태어나서 이러고 산다. 긍께 한양으로 올라가서 한번 니 스스로 잘 살아 봐라. 그럼 지금보다는 잘살 거여."
하고는 그 말을 하는 거여. 그러니까 아들이 "아이고 아버지."
하면서 눈물을 머금고 이제 떠나.

한양으로 떡 왔는데 거기서 어떻게 잘 돌아다녔는지 나도 모르겠어. 그런데 잘 돌아다녀서 양반 호패를 하나 얻어 찼대. 이말을 들어 보면 진짜 될 놈은 되는 거여. 무조건 될 놈은 된다니까. 양반 호패를 하나 얻어 차가지고는 과거 시험을 보러 갔는데, 아까 뭐랬어? 잘났댔지? 긍께 바로 합격을 해 부러.

그래서 이 사람이 인제, 나랏님 밑에서 일을 잘하다 보니까 또 워낙 잘한 나머지 누구 눈에 드냐? 정승 눈에 들었어. 정승이라 하면 지금의 장관급인데 이 정승이 "너 내 사위 한번 해 봐라." 하고 사위로 캐스팅을 해 가네. 그러면서 딸이랑 점찍어 줬어. 그러니까 이 사람 입장에서는 내가 소금장수 아들이었는데 이제 정승 사위가 되게 생긴 거여.

그래서 기뻐 죽겠는데, 혼삿날 하루하루 앞으로 다가올수록 걱정이 되는 게 하나 있어. 그럼 내 어머니 아버지는 어쩌나 싶어서. 비록 엄마 아빠를 떠나 내가 여기까지 왔지만 그래도 내

어머니 아버지가 있기에 내가 지금 여기 서 있는 건데 싶은 마음에, 어머니 아버지 계신 고향에다가 '아버지, 관복을 제가 드릴 테니 잘 차려입고 오십시오. 제 혼롓날 잘 차려입고 오십시오.' 하고 관복을 하나 보내 드려.

그런데 여기서 아버지가, 관복을 잘 차려입었으면 그대로 올라오면 될 것을 괜스레, 내가 아들을 위해 뭐 하나 해 줘야겠다는 마음으로 보리개떡을 한 함지 마누라한테 싸 달라 그래.

"여보, 마누라. 보리개떡 한 함지 싸 주십시오." 하는데, 마누라 입장에서는 "그 애가 정승 사위가 됐는데, 보리개떡을 먹겠소?" 하는 거야. 보리개떡은 개떡, 흔히 말하는 개떡인데, 그 당시에는 인제 먹을 게 없으니까 상민들이 그냥 개떡을 먹었단 말이여. 그런데 양반은 절대 먹을 음식이 아니여. 그런데 그걸 쪄 달라고 해서 굳이 갖고 가겠대, 자기가.

그래서 "입맛은 안 변하는 거여." 하면서 보리개떡 한 함지 쪄 가지고 가니까, 정승네 집에서는 사돈이 오신대서 기대를 하면서 딱 문을 열면서 "아이고 사돈 오셨습니까?" 했는데 이 사람이 관복을 차려입고 왔는데 개떡 함지를 지고 오니까, '얘는 뭐당가? 어디 사람인가?' 둘러보고 있었어.

그런데 나중에 떡 함지를 딱 내려놓더니 자기 아들하고 며느리를 부르더니 "요거 한 접시씩 잡숴 봐." 하면서 건네주고 있는 거여. 그래가지고 조금 이상한데 싶어도 사돈이니까 하면서 정색해서 계속 보고 있었어. 그런데 나중에 보다 보니까 말을 하는 걸 들어봤는데, 저기 땔감 쌓아 놓은 걸 보면, "야, 저거 너희 장인어른이 직접 때셨냐? 아이구 힘 좋으시다, 장인어른이." 이러시면서 말하는 걸 보니까 신분 차이가 다 들통이 난 거야.

그래서 이 사람이 소금장수인 것도, 내 사위로 점찍어 놨던 사람이 소금장수 아들인 것까지 다 알려져. 그래서 둘을 내쫓아 버려. 그런데 어쩔 거여? 쫓겨나야지, 쫓는데. 쫓겨나는데, 여기서 요러고 끝나면 이야기가 진행 안 되잖아.

예서 중요한 게 뭐냐. 이 정승의 딸이 있을 거 아냐? 소금장수 아들의 아내. 이 사람은 진심으로 소금장수 아들을 사랑했어. 원래 사랑이란 건 한번 빠지기 시작하면 눈에 뵈는 게 없거든. (청중 웃음) 자기 엄마 아빠가 아무리 반대를 해도 어쩔 거여. '나는 이 사람이랑 결혼해야겠다.' 그래서 고민했어.

너네들 같으면 어쩌겠어? 내가 정말 사랑하는 남자 여자가 있는데, 엄마 아빠가 반대. 그러면 너희들 같으면 어쩔 건데? (청중: 도망가야지, 그치?) 너는 도망갈 것 같애. (청중 웃음) 그런데 이 사람은 어쩔 것 같애? (대답한 학생을 다시 바라보며) 너는 도망가게 좀 생겼다. 그런데 이 사람은, 좀 배운 여자야. (대답한 학생을 다시 바라보며) 물론 너도 배웠어. 이 사람은 좀 더 열심히 배웠어. 그래서 이 사람은 어떻게 했냐?

이 사람은, 머리를 쓰기 시작한 거야. 그래서 다음 날 아침 아버지 진짓상에다 대고, 이제 간을 하나도 안 하고, 하인을 시켜서 소금, 된장, 간장 이런 거 하나도 안 하고 그냥 올린 거야. 놔둬, 그냥.

"아이고 오늘 밥 한번 먹어 볼까?" 하고 국을 한술 뜨는데 맛이 안 나. '뭐당가?' 하고 이제 반찬을 딱 한입 집어 먹는데, 이것도 맛이 안 나. '뭣이여' 하고 딸을 불러갖고 "얘, 너는 이제 밥 하나도 제대로 못하냐?" 하면서 "왜 밥을 맹탕으로 올리냐?"

그러니까 딸이 조신하게 앉아 있다가 하는 말이 "아버님, 저는 아버님께서 제 서방님을 소금장수 아들이라고 내쫓으시기에 소금도 싫어하시는 줄 알았습니다." 하는 거야.

어, 내 딸이 이렇게 똑똑했나 싶으니까 머리가 띵해 가지고 짚고 있는데, 거기서 딸이 말을 줄줄 대며,

"아버지, 소금이 없으면 백성이 어떻게 살겠으며 아버지께서 소금장수를 천대하시면 누가 소금장수를 하겠습니까? 나라를 잘 살려서 백성을 잘 살리는 양반이 양반이지 달리 양반이 따로 있겠습니까?"

하니 아버지가 감탄을, '아, 이런 딸이 있었구나. 이 딸이 내 딸이구나.' 싶은 거야. 그래 한편으로는, '그래, 내가 그 사람 신분

보고 한 게 아니라 하도 일 잘해서 내 사위로 삼으려고 한 건데.' 싶어서 소금장수 아들을 불러가지고 혼례를 잘 치러 준단 말이야.

그래, 내가 이 이야기를 알게 된 이유가, 그 소금장수 아들하고 그 딸하고 너무 사이좋게 잘 살았어. 그래가지고 아들 손자 며느리 쭉 낳아서 잘 살다가 그 아들의 아들의 아들의 아들이 내가 멀리 아는 어떤 사람이거든. 그 사람이 결혼식을 한다고 오라고 했는데 내가 거길 안 가고 여길 왔는데, (청중: 아~) 그러니까 여길 왔으면, 아까 비록 상에는 관심을 갖지 말라 했어도 내가 광주에서 왔단 말이여, 여기까지. (청중 손뼉 치면서 웃음) 새벽에, 진짜 새벽에 여섯 시 반, 동도 트기 전에 내가 여길 왔어. 그러면 상 하나 정도쯤은 어찌 찔러 줄 수 있지 않을까. 좀 잘 찔러 줘 봐. 심사위원님들, 예?

여기까지 잘 들어 주셔서 감사합니다.

---

* 김솔 학생의 〈소금장수 아들〉 동영상은 촬영 시 캠코더 이상으로 연속적인 기계음이 섞여 들어갔습니다. 잡음 제거에 어려움이 있어 그대로 담은 점 양해 바랍니다.

사만이 이야기

소상필(제주 제주중학교 3학년)

지금부터 사람 한 분을 소개하겠습니다. 이름은 소상필이구요, 자칭 까도남입니다. (청중: 까도남~) 친구들은 까리한데 도라이 같은 남자라고 부릅니다.

까도남 소상필 씨를 부르겠습니다.

(상황극을 하듯이 저쪽으로 가서) 예, 안녕하세요?

(반대쪽으로 가서) 아 예, 어떻게 오셨어요?

(다시 반대쪽으로 가서) 아 예, 이야기 좀 하나 하려고요.

(다시 반대쪽) 뭐요?

아, 여기 제주도 신화 하나 설명하려고 왔습니다. 여기 혹시 제주도 신화 하나 아는 사람? (청중: 돌하고 여자하고) 어, 그런 거 있습니다. 그리고? 없나요? 아, 참 안타깝습니다. 그래서 여기 제가 제주도 전설 하나 설명하러 왔습니다. 일단 말 놓고 하겠습니다. 괜찮수까? (청중: 예)

옛날에 아주 먼 오랜 옛날에, 한 아기가 살았는데 부모를 잃어서 고아가 되었어. 그 아이 이름이 바로 사만이야. 그런데 이 사만이가 얼마나 착한지 동네 사람들이 많이 도와주고 장가도 보내 줬어. 이렇게 장가를 갔어도 사만이는 늘 가난했어. (청중: 잘 알아듣지 못하고, 사만이?)

그러던 어느 날 사만이 부인이 자기 머리카락을 갑자기 싹둑 자른 거야. 그리고 남편한테 줘.

"이 뭐야?"

"(아내 목소리를 흉내 내며) 제 머리를 팔아서 아이들 먹일 쌀을 사 오세요."

그래서 그 머리카락을 들고 시장에 가서 아내가 잘라 준 머리를 석 냥에 팔았어. (손가락 세 개를 보이며) 빨간색 있는 성냥이 아니고 석 냥이야, 석 냥. 석 냥에 팔았어. 그리고 할 일 없이 여기저기를 돌아다니고 있었어.

아니 그런데, 사람들이 웅성웅성거리는 거야. 그래서 가 보니까, 어떤 사람이 부지깽이같이 길쭉한 걸 팔고 있어.

112

"그건 뭡니까?"

"(목소리를 바꾸어) 아, 이건 총이라는 건데요. 이것만 있으면 먹고 입고 다 할 수 있죠."

그 말에 혹해서 사만이는 덜컥 총을 사고 말았어. (청중: 의아한 듯이, 총?) 총, 그 부지깽이같이 길쭉한 거, 총. 그래서 그날부터 사만이는 매일매일 사냥을 나갔어. 그런데 농부나 하던 사만이가 사냥을 잘할 리가 없잖아. 매일매일 허탕만 치고 돌아온 거야.

그러던 어느 날이야. 그 날도 사만이는 빈 손으로 털레털레 집으로 가고 있었는데 갑자기 왼발에 뭔가 툭 하고 걸린 거야. 그게 뭐였을까? 모르겠지? 나가! 그게 해골이었어. (청중: 우와 ~) 그것도 무지하게 오래된 해골이야.

그래서 그걸 보고 "아이고 추잡해라." 하면서 갈려고 했는데 또 왼발에 그 해골이 툭하고 걸린 거야.

'아, 이게 무슨 사연이 있는 해골인가 보다.' 하고는 곱게 모셔서 집으로 왔어. 그리고 동네 사람들 모르게 그 해골을 아주 큰 독 속에 담았어. 그리고 소중히 모셨지.

그런데 그때부터 사만이가 운수가 대통하기 시작하는 거야. 사냥만 나갔다 하면 호랑이하고 용, (청중: 의아한 듯이, 용?) 용이와, 갑자기. 그래서 자기를 잡아가 달래. 그래가지고 사만이는 삽시간에 큰 부자가 됐어.

그렇게 부자가 되고 잠을 자던 어느 날이었어. 사만이가 쿨쿨 자고 있는데 갑자기 해골이 담긴 큰 독에서 백발의 한 노인이 슬며시 나와. 그리고 사만이를 보면서 말해.

"(할아버지 목소리로) 너 사만이지? 니가 지금 잘 때냐? 니 수명이 다 돼서 지금 저승사자가 널 데리러 올 듯하다."

"(울먹거리며) 예? 아니 그러면 저 이제 죽는 겁니까? (두 손을 모으고 빌며) 살려 주세요."

"그러면 너는 일단 삼거리에다 병풍 치고, 촛불 켜고 향 피우고 음식상을 석 상을 차려라. 석 상을, 세 상을. 그리고 그 상 밑에 니 이름 석 자를 써 붙여라. 알겠지?"

이렇게 해서 갑자기 변성기가 있었던 도사, 그 백발 한 노인이 이제 사라졌어. 그렇게 벌떡 사만이가 뛰어갔어. 알고 보니 꿈이었던 거지. 그런데 꿈이 진짜 심상치를 않아. 변성기 걸린 노인이 나왔으니까. (청중 웃음) 그래서 사만이는 부인이랑 논의해서 그 노인이 일러 준 대로 상을 차렸어.

아니나 다를까, 밤이 되니까 저승에서 세 명의 사자가 내려왔어. 그리고 삼거리에 도착하니까 사만이가 차려 놓은 상이, 상이 있잖아. 그러니까 막 집어먹은 거야. 다 먹어서 배불렀다 싶어서 일어나려는데 그 상 밑에 '(앙증맞은 목소리로) 사만이 거'

요렇게 써 있는 거야. 그래서 한 저승사자가 말했어.

(목소리를 바꾸어 가며)

"어머, 이 종이 좀 봐. 뭐야?"

"여기 '사만이 거'라고 써져 있잖아. 남의 음식 공짜로 먹으면 벼락 맞는다는데 어쩌면 좋아."

"우리 그럼 사만이를 한번 불러 보자. 사만이가 정말로 이 상을 차렸다면 사만이가 대답을 하겠지."

"우와, 그런 방법이 있었네."

"그러니까 형이, 너같이 개념 없는 애들을 막 가르쳐 주고 싶잖아?"

"어머, 나 개념 있어."

"남자가 '어머' 하는데 개념 있는 거냐? 없는 거지."

"근데 사만이 안 부르냐?"

"불러야지. 사만아~(길게 빼다가 기침하는 척)."

가지가지 한다, 진짜.

"사만아, 형이야."

"사만아."

"예, 사만이 여기 있습니다."

"어머머머, 이 정말 사만이가 차려 놓은 상이 맞나 보네. 이러면 잡아갈 수가 없겠는데."

"그러게 말일세. 근데 이거 염라대왕이 아시면 큰일인데. 이를 어쩌면 좋겠는가?"

"명부 가져와, 명부."

"명부? 어, 알겠어."

"여기(준비한 파일을 들고), 저승 명부에 사만이 수명이 '삼(三)십(十)삼(三)'이 써 있잖아. (한자로 적힌 숫자판을 보여 주며) 여기서 십에다가 빗금을 쳐(펜으로 십(十)에다 빗금을 친 뒤 천(千)을 보여 주며). 그러면 몇이야? (청중: 천) 천(千). 삼천삼(三千三)이 되는 거야. 사만이는 삼천삼 세까지 살게 되는 거지. 염라대왕 모르게."

그래서 사만이는 삼천삼 빼기 삼십삼. 이천구백칠십 살을 더 살았어. (청중 웃음) 그런데 사만이가 그렇게 오래 살다 보니까 꾀가 늘어서 저승사자 올 때마다 그냥 막 갖다 바쳐. 음식이며 옷이며. 그래서 목숨을 아주 무지하게 늘렸어.

그렇게 사만이가 사만 살이 되던 해, 사만이가 사만 살을 살아 염라대왕이 사만 살 된 사만이를 잡아오라고 했어. 그래서 염라대왕이 한 가지 꾀를 생각했어. 사람들이 많이 가는 냇가에 가서 검은색 숯을 빡빡 씻기 시작했어. 그 광경을 사만이가 봤어.

"그, 뭐 하는 겁니까?"

"그것도 몰라, 어? 역시 못 배워먹은 놈은 뭘 몰라도 한참을 몰라. 이거 검은 숯 씻어가지고 흰 숯 만들어서 부처님한테 바치면 그 아주 그냥 늙어도 안 죽어. 어 아니 죽어도 안 늙어. 늙어도 안 죽어. (청중 웃음) 그것도 몰라?"

(우는 표정으로) 아~ 우는 거야.

"허~ 참, 사만 년을 살아도 그런 헛소리와 우스운 소린 처음 듣소."

"옳지, 니가 이제 사만이로구나."

이렇게 사만이는 저승으로 압송됐어.

그 다음에 사만이는 어떻게 됐을까? 아는 사람? 손 번쩍! 푸처 핸섭. 그럴 줄 알았어. 내가 그래서 이걸 설명하는 거야.

그 다음에 사만이는, 사만이만큼 오래 산 사람이 없잖아. 그래서 염라대왕이 사만이를 수명신으로 만들었어. 그리고 이제 사만이가 착한 사람은 목숨을 늘려 주고, 나쁜 일한 사람은 목숨을 줄여 준다고. 그런데 요즘 인간이 너무 많아져, 그래서 오류가 가끔 나오기도 한다고.

자, 얘기 잘 들었지? (청중: 예) 일단 이제 조금 있으면, 팔 일 뒤면 내 졸업식이고, 십 일 뒤에는 설날이니까 절 한번 크게 올리겠습니다. (청중 손뼉)

감사합니다.

어떻습니까? 친구들이 들려주는 옛이야기도 재미있지요? 옛이야기라고 해서 지루하고 요즘 우리들의 삶과는 거리가 멀다고 생각하는 것은 옛이야기를 자주 만나 보지 못한 탓이 아닌가 싶습니다. 우리 선조들의 삶처럼 우리네 삶도 시간이 지나고 세월이 흐르면 모두 옛이야기가 됩니다. 우리 할머니 할아버지가 사셨던 세상과 삶을 전혀 알지도 못하고, 그 분들이 가슴에 품었던 생각과 이루고자 했던 꿈을 모르고서야 어찌 오늘을 사는 우리의 삶이 올바른 삶이라 하겠습니까?

하지만 안타깝게도 우리는 선조들의 삶을 굽이굽이 담아낸 옛이야기를 까맣게 잊어버린 시대에 태어나 살았습니다. 여러분들도 집안에서나 학교에서나 어디에서도 옛이야기를 들어 보지 못하고 자랐지요? 일제에게 나라를 빼앗겼던 시절에 우리 겨레는 삶의 노른자위였던 이야기판도 함께 빼앗겼습니다. 나라를 되찾았을 때에는 나라가 두 동강으로 갈라졌고, 서로를 원수처럼 미워하며 전쟁을 일으켜 불바다에 빠졌으니 어느 겨를에 이야기판을 되살렸겠습니까? 전쟁의 잿더미를 딛고 일어서며 독재 정권과 싸우고 산업과 개발로 우리의 삶터는 하루가 다르게 도시로 바뀌면서, 이야기꽃을 피우던 이야기판의 전통은 자취 없이 사라지고 말았지요. 이처럼 안타까운 현실에서 '전국 중·고등학생 이야기대회'라는 이야기판을 벌였고, 그 이야기판에서 중학생들도 잊어버린 옛이야기를 되찾아 살리는 일에 망설임 없이 나섰어요.

영운중학교 2학년 나한익 학생이 들려준 〈메추라기와 여우〉와 가야여자중학교 3학년 김해정 학생이 들려준 〈정신없는 도깨비 이야기〉는 우리나라뿐 아니라 다른 나라에도 널리 퍼져 있는 뿌리가 깊은 옛이야기입니다. 이처럼 한곳에 뿌리박혀 내려오지 않고 널리 퍼져 떠돌아다니는 이야기를 학자들은 '민담(folktale)'이라 불러요.

〈정신없는 도깨비 이야기〉는 우리나라에 널리 퍼져 내려오는 수많은 '도깨비' 이야기 가운데 하나지요. 중국의 '이매·망량', 일본의 '오니', 서양의 '마녀' 이야기와 비슷하지만, 도깨비는 사람과 친하고 싶어 하고 착한 사람을 도와주는 아주 재미나는 성격을 지니고 있어요. 신라 진평왕 시절에 코가시(비형)라는 아이는 열다섯 살에 밤마다 도깨비 무리와 어울려 놀았으며, 임금님의 부탁으로 도깨비를 시켜 하룻밤에 신원사라는 절 북쪽 개천에 돌다리를 놓았다는 이야기가 《삼국유사》에 실려 있어요. 그만큼 우리 겨레의 도깨비 이야기는 뿌리가 깊다는 말이지요.

〈메추라기와 여우〉는 작고 힘없는 메추라기가 크고 힘 있는 여우에게 잡혀 먹힐 뻔했으나 꾀를 써서 살아났을 뿐 아니라 여우를 골려먹기까지 하는 이야기지요. 민담 안에서도 이처럼 동물끼리 꾀를 겨루는 이야기를 '동물 지략담'이라 불러요. 나한익 학생의 이야기 솜씨가 조금 서툴렀지만, 값진 이야기로 이야기가 담고 있는 재미를 보여 주었어요. 약자 메추라기가 강자 여우를 이기는 재미! 약자가 강자를 이기는 재미란 현실에서는 쉽게 맛볼 수 없잖아요? 그런데 이야기에서는 힘 없는 약자가 꾀를 써서 강자를 거뜬히 이겼어요. 여우의 입에 물려 죽을 뻔한 메추라기가 꾀를 써서 두 차례나 살아나고, 영악하기 짝이 없는 여우가 배꼽을 잡고 웃게도 만들고, 또 눈물을 흘리며 울게도 하잖아요?

수피아여자중학교 2학년 박수빈 학생이 들려준 〈돈 안 갚기, 무한도전〉과 용봉중학교 3학년 김솔 학생이 들려준 〈소금장수 아들〉도 '민담'이에요. 하지만 이 두 이야기는 아주 오랜 옛날부터 흘러 내려온 이야기는 아니에요. 앞 이야기의 주제는 '돈'을 빌리고 갚는 노릇에 얽힌 일인데, 여느 사람들이 돈을 빌려서 이자를 붙여 갚거나 돈을 빌려 주고 이자를 붙여 되받는 일은 조선 후기 19세기를 지나서야 이루어졌지만 실제로는 일제 침략기에 널리 퍼졌어요. 그리고 뒷이야기의 주제는 '신분'과 '사람됨'의 갈등에서 사람됨이 신분을 뛰어넘기도 한다는 것인데, 사람됨이 신분을 뛰어넘을 수 있어야 한다는 생각도 18세기를 지나면서 일어났고, 현실로 이루어진 것은 19세기 끝이었지요. 이야기는 언제나 현실보다 앞서는 법이라 하더라도, 이들 이야기는 백 년을 넘기지 못한 아직 나이 어린 옛이야기인 셈이지요. 그만큼 중학생 여러분에게 가깝게 느껴졌을 듯하고, 저마다의 목소리로 이야기할 만하다고 판단했을 듯해요. 두 사람의 이야기에서 그런 자신감 같은 느낌을 받을 수 있어서 좋았어요.

그런 자신감으로 박수빈 학생은 침착하고 차분하게 옛이야기 본모습을 다치지 않게 드러냈는가 하면, 김솔 학생은 훨씬 과감하고 용감하게 옛이야기의 본모습을 자신의 것으로 탈바꿈시키고자 했어요. 옛이야기의 본모습을 다치지 않도록 조심스럽게 드러내는 쪽과 자신의 것으로 탈바꿈시키며 좀 더 자유롭게 드러내는 쪽은, 어느 한쪽이 더 바람직하다고 할 수는 없겠지요. 이 문제는 선조들이 물려주신 옛이야기의 전통을 잘 살려서 올바로 이어받고자 하는 우리 모두에게 하나의 숙제라는 생각이 들어요. 가장 좋은 쪽이라면 두 쪽을 모두 잘 살려 조화롭게 드러내는 것이 아닐까 해요.

  끝으로, 제주중학교 3학년 소상필 학생이 들려준 〈사만이 이야기〉는 '신화(myth)'랍니다. 제주도에는 우리 겨레 문화의 뿌리인 '굿'이 제 모습을 잃지 않고 아직도 많이 살아 있어요. 〈사만이 이야기〉는 제주도의 크고 작은 모든 굿에서 빠지지 않는 액막이거리*에 모시는 '목숨을 다스리는 신(수명신, 命監-멩감)'의 근본을 노래하는 본풀이지요. 그래서 흔히 '사만이 본풀이' 또는 '멩감 본풀이'라 부릅니다. 굿에서는 본풀이를 노래로 부르지만 노래의 속살은 신의 일생을 풀이하는 이야기이기 때문에

---

* 액(나쁜 일, 재난)을 막아 내려고 벌이는 굿. '거리'란 '굿'을 헤아리는 이름이고, 큰굿은 여러 거리로 이루어진다.

학자들은 신의 이야기, 곧 신화라고 해요. 신화는 사람이 신들과 어우러져 살던 아득한 옛날에 비롯하여 내려오는 이야기의 뿌리이기 때문에, 겨레의 삶과 얼의 뿌리이기도 해서 아주 깊은 뜻을 은은하게 갈무리하고 있어요.

마음씨 착한 것 말고는 아무것도 가진 것이 없는 사만이가 목숨을 스스로 사만 살까지나 살고 마침내 저승에 가서 세상 모든 사람의 목숨을 결정하고 다스리는 수명신(멩감)이 되었다는 이야기잖아요? 이야기의 굽이굽이에서 벌어지는 일들을 하나하나 곰곰이 헤아려 보면 우리 겨레의 바람과 느낌과 생각과 뜻을 알아볼 수 있을 거예요.

아득한 옛날 우리 겨레라면 누구나 믿고 살았던 굿의 본풀이(신화)는 그 뿌리가 머나먼 옛날까지 뻗어 있을 뿐 아니라, 세상 어디 가서도 찾아볼 수 없는 우리만의 삶과 얼을 담고 있기 때문에 그 값어치를 헤아리기 어려워요. 국어 시간에 선생님과 함께 여러 가지 굿에서 노래하는 본풀이를 깊이 있게 들여다보는 공부도 해 보고, 이렇게 전국대회 이야기판에 들고 나와 아름답게 펼쳐 보이는 학생이 많아질 날을 손꼽아 기다리겠습니다.

고등학생
이야기

1

요즘 이야기

중독 예찬

 제10회
전국
중·고등학생
이야기대회

곽동우(대구 경북고등학교 2학년)

아, 안녕하십니까? 한강 이남 최고의 학교 경북고등학교에서 온 곽동우입니다. (청중 손뼉) 일단 이야기하기 앞서서요 하고 싶은 말이 있는데요. 말 놔도 되겠죠? 아까 말없이 그냥 말 놓으니까 까이던데, 말 놔도 괜찮겠죠? (청중: 예) 아, 감사합니다.

내가 할 이야기는 중독에 관한 이야기를 할 거야. 내가 걸렸었던 중독에 대한 이야기를 할 건데, 이 중독이 뭐냐? 컴퓨터 게임 중독? 아니, 이건 게임이 안 돼. 담배 중독? 내가 담배를 안 피워 봐서 모르겠는데, 담배보다 더 강하다고 확신할 수 있어. 이 중독이 뭐냐? (청중: 술?) 아~ 술 아니야. (청중: 마약?) 마약

아니야. (청중: 야동?) 어~ 야동 아니야, 헬스야 헬스! (청중: 오~)

내가 얼굴은 좀 순하게 생겼는데, 헬스 좀 했거든. 알은 조금 들었거든. 내 좀 짐승남이야. 내가 헬스 중독에 걸렸는데 너희들이 헬스 중독을 들으면 이런 생각을 해. 헬스 중독은 운동 미친 듯이 좋아하는 놈들보고 하는 말 아니냐 이러는데, 그런데 실제로 있는 중독이야. 그게 진짜 있는 질병이야.

그게 어떻게 해서 나오는 거냐면, (팔을 들며) 이렇게 우리가 아령을 들잖아(아령을 드는 흉내를 내며). 필요하다. (옆에 있는 마이크 받침을 가져와 아령처럼 들면서) 아령을 들잖아, 이렇게. 마지막에 열 개 하면 팔이 아 막 부들부들 떨리잖아. 으메 떨리잖아. 이때 우리가 뇌에서 많은 에너지를 내기 위해서 호르몬이 나와. (마이크 받침을 도로 갖다 놓고) '에피네프린'이라는 호르몬이 나오는데 이 에피네프린의 다른 이름이 아드레날린이야. 알지? 아드레날린? 흥분, 쾌락, 스릴 이런 데 나오는 호르몬 아냐. 아드레날린에 중독이 되는 거야. 매일 같은 시간에 아드레날린이 분비가 되면 몸이 기억을 하는 거지. '아, 이 시간에는 아드레날린이 나온다.' 하루라도 안 나오면 불안해지고 스트레스 받고 괜히 화나는, 이게 헬스 중독인데 내가 거기 걸렸었어.

근데 내 헬스 중독은 남들보다 더 강했어. 왜냐? 안 그래도 호르몬 분비가 왕성한 청소년기인데, 억지로 이렇게 호르몬을 빼주니까 난 더 심하게 걸린 거야. 그래서 어떤 증상이 나타났느냐······.

내가 중학교 3학년 겨울부터 헬스를 했거든. 그때는 시간이 많아서 헬스를 잘 할 수가 있었는데, 고등학교에 올라왔다. 그런데 내 헬스의 앞가림을, 앞을 막는 놈이 있었어. '야자'라는 놈이 있는 거야. 난 지금 학교 마치고 헬스를 하러 가야 하는데 야자를 하라는 거야.

"선생님 저는 야자 안 합니다. 저 지금 헬스 하러 가야 되는데······." 하다가 귀때기 맞을 뻔했지. 그래서 어쩔 수 없이 야자를 하고 헬스를 하러 갔지. 아홉 시 반에 마쳐서 헬스장 도착해서 열한 시까지, 내 혼자 마칠 때까지, 헬스장 문 닫을 때까지 운동을 했어. 그렇게 일 년 내내 했거든. 그리고 헬스장 갈 때는 내가 뛰어갔어. 왜냐? 워밍업이 되니까 가자마자 바로 이렇게 뛸 수가 있잖아. 시간을 아낄 수가 있다고.

그리고 또 시험 치기 전날에도 운동을 했어. 시험 치는 날에도 운동을 했어. 내일 과목은 국언데, 난 뭐 국어 공부 안 해도 성적 잘 나오니까 헬스 운동 하고, 내일 과목은 수학인데 내가 수학을 좀 못하는데, 수학은 한두 시간 더 공부한다고 잘 나오는 게 아니잖아. 그러니까 헬스 하고. (청중 웃음) 아, 내일은 영어인데 영어 지금 한 시간만 더 보면 10점 정도 오를 것 같은데,

그래도 에라 모르겠다 헬스 하고.

내가 그 정도로 미친 듯이 개념 없이 헬스를 했어. 그렇게 일
년 내내 헬스만 하고 성적 다 날려먹고 2학년에 올라갔다. 이제
공부를 해야겠는 거야. 애들이 시건[1]이 들어가고 다 공부를
하는 거야. 그래가지고 나도 헬스를 끊어야 되는데, 차마 부모
님한테 말을 못하겠는 거야. "저, 헬스 끊을래요." 이 말을 못하
겠는 거야. 그래서 생각만 '끊어야지 끊어야지.' 하면서 계속 헬
스를 하러 갔다.

그러다 사건이 하나 터졌어. 6월이었단 말이야. 초여름이잖
아. 그때 환절기라서 내가 감기에 걸렸단 말이야. 자, 다들 예상
했겠지만 감기에 걸려도 헬스를 하러 갔어. 어험 어험 기침을
하면서 콧물 질질 싸고 있는데, 헬스를 하러 갔지.

헬스 운동 중에, 아는 사람도 있겠는데 '벤치 프레스'라는 운
동이 있어. 이렇게 길쭉한 의자에 누워가지고 이렇게 긴 봉 있
잖아, 빡빡 드는 거. (긴 의자에 누워 봉을 드는 시늉을 하자, 청중:
아~) 이 운동이 벤치 프레슨데, 내가 그 운동을 하고 있었단 말
이야. 육십 킬로를 들고 있었어, 육십 킬로. (청중: 우와~) 이렇
게(계속 누워서 봉을 들어 올리는 척하며) 빡빡 들고 자, 아 아드레

---

1 사리를 분별하는 힘

날린이 나오는 시점이 왔어. 바들바들바들 조금만 더 하면 된단 말이야.

근데 이때, 배 속에서 간질간질하는 게 올라오다만 '어험 어험' 기침이 나온 거야. 근데 감기에 걸려서 나오는 기침은 좀 다르제? 발작을 하잖아? '어허 어허' 발작 기침이 나온 거야(누워서 봉을 들다가 기침이 나오는 시늉을 하며). 육십 킬로짜리를 들고 있는데, (가슴을 가리키며) 여기에서 기침이 나온 거야. 몸이 앞으로 튕겨 나오면서 봉이 떨어진 거야. (청중: 아~) 내 얼굴을 향해 떨어졌어, 육십 킬로가. 실감나니? 쌀 한 포대 제일 큰 게 십오 킬로거든. 쌀 네 포대가 내 얼굴을 향해 떨어진 거야. 근데 표면은 철이잖아, 철에다가 표면적이 작잖아, 파워가 세제곱이라고. 이게 내 얼굴을 향해 떨어진 거야. 그런데 '땅' 하는 소리랑 '와직' 하는 소리랑 레몬색 배경이 쫙 펼쳐지면서 내가 기절을 했어. 그리고 눈을 뜨기 전에 '땅~' 하는 소리를 들으면서 이 생각을 했어.

'아! 이게 인생 종 치는 소리구나. 그 소리가 이 소리였구나.' (청중 웃음) 하면서 눈을 떴는데, 아~ 살아 있었어. 봉이 내 눈앞에 있는 거야. 안전장치에 걸렸거든. 내가 기침을 한다고 앞으로 나오는 바람에 이게 내 입, 요 얼굴에 박아 버린 거야.

그래서 눈을 뜨고 '아, 미치겠다' 봉을 치우고, 딱 와가지고 어디 다쳤는지 봐야 될 거 아냐. 여기가(입 주위를 가리키며) 아프긴 아픈데 어디가 다쳤는지 모르겠어. 거울을 향해 뚜벅뚜벅 가는데…… 가면서 뭔가 평소와는 달라. 입으로 들어오는 바람의 양이 달라. (청중 웃음) 뭔가 걸리는 거 없이 살살 잘 들어와. '뭐지?' 하면서 딱 갔다. 거울을 봤다. 앞니 두 개하고 양옆에 있는 이 끝 부분이 와자자작 다 뿌사진 거야. (청중: 어~) 다 조각났지. 이렇게 다 뿌사졌지. 와~ 죽겠는 거야.

'아 이거 헬스 하다 죽겠구나.' 하면서 내가 집에 들어왔다.

그런데 부상은 이게 끝이 아니야. 이차적인 부상이 있어. 이빨이 부러지면 이렇게 칼로 자른 듯이 안 부러지겠제? 뾰족뾰족하게 부러지잖아? (손으로 그리며) 뾰족뾰족한 부분에 혀가 비이는[2] 거야. 물 마실 때마다 막 베어가지고 피 나고, 밥 묵을 때마다 피 나고, 말할 때마다 피 튀고 이런 거야. (청중 웃음)

아, 이거 큰일 났다, 치과를 가야겠다, 했는데 부모님한테 말씀을 못 드리겠는 거야.

"저 헬스 하다가 이빨 다쳐서 치과 가야겠습니다." 이러면은 "너 헬스 하지 마." 이럴 거 아냐.

그래서 나 혼자 특단의 조치를 내렸지. 어떻게 했느냐?

---

2 베이는

사포로 긁었어. (청중: 아!) 빡빡 긁는데(사포로 이를 가는 시늉
을 하며), 처음엔 괜찮았다. 그런데 긁다가 갑자기 빡 느낌이 오
는데, 뭐였냐면 은박지 씹어 봤나, 은박지? (청중: 악!) 전부 찌릿
찌릿 오는 거라. 진동이 뇌로 쏵 전달이 되는데, 소름이 쫙 돋는
거야.

'와 미치겠다. 이거 어떻게 갈지?' 하면서 일단 이빨을 진정시
켜 주고 다시 갈았지. 갈면서 또 전기 찌릿 느끼고, 갈던 거 마
저 갈아야 되는데 그래야 밥을 먹든지 말을 하든지 하는데, 그
렇게 결국 계속 고통을 느끼면서 이를 더 갈았다. 그래서 갈면
서 그렇게 찌릿찌릿 하는 걸 느끼면서.

내가 책상을 치면서 다짐을 했어. '이거 다친 건 보통 일이 아
니다. 이건 분명히 하느님의 뜻이다. 운동을 하지 말라는 뜻이
구나. 좋아 오늘 이 순간부터 내가 헬스 다시는 안 한다.' 내가
다짐을 했어.

그런데 이빨 정리 다 하고 그 다음 날부터 다시 헬스를 갔어.
(청중 웃음) 내 자신이 너무 한심한 거야. '아~ 이런. 미친놈도
아니고, 운동하다 죽어서 관 뚜껑 닫기는 소리를 들어야 이놈이
운동을 끊겠구나.' 하는 생각이 드는 거야.

내 생명을 위해서, 헬스를 끊기 위해서 계획을 세웠지. 작전
을 짰어. 학교에서 '심자' 신청을 하는 거야. 심야 자습. 그러면

야자 마치고 할 시간이 없잖아. 그렇게 해서 그날 이후로 헬스를 끊고 내가 정상인으로 돌아왔어.

그런데 가끔 이런 생각을 해. 내가 이제 고3 올라가는데, 고3 올라가는 지금보다 그때가 시간이 더 소중하게 느껴지고, 뭔가 그때가 시간이 더 아깝고 내 자신이 더 귀하게 느껴져.

그래서 나는 수능 끝나고 11월 11일 그날, 오후 여섯 시부터 나는 다시 헬스를 할 거야. (청중 웃음) 다시 난 중독의 늪으로 빠져들 거야.

너희들도 살면서 이제 많은 중독이 찾아올 거야. 좋은 거. 야동, 술, 담배 이런 거 말고 좋은 게 찾아올 거야. 그러면 그냥 거기 빠져들어 가. 중독에 저항하지 말고 그냥 니 몸을 맡겨 버려.

'아, 지금 나는 공부해야 되는데.' '지금 나는 돈 벌어야 되는데.' 이런 생각 하지 말고, 자기 하고 싶은 거 한 개쯤은 해. 나처럼 이빨 날릴 정도로 좋아하고 하고 싶은 거 해야 이 힘든 세상 살아가는 데 힘이 되지 않겠냐? 사람이 공부만 하고 살래? 사람이 돈만 보고 살래? 자기가 하고 싶은 거 하고 살아야지. 맞제?

자, 내 이야기는 여기까지인데, 지금까지 들어 줘서 고맙고, 어~ 안녕히 계세요. (청중 웃으며 손뼉)

뱉을까 쌀까

박민수(충남 대천고등학교 2학년)

안녕하십니까. 충남 대천에서 온 박민수라고 합니다.

일단 내가 얘길 하기 전에 내 얘기에 대한 배경지식이 있거든. 일단 내가 말하면서 '연수'라는 단어를 많이 쓸 겨. '연수'가 뭐냐면 우리 사람의 목 뒤에 있는 중추 기관인데, (청중: 아~) 뇌 신경이 좌우로 교차돼가지고 거기에 심한 충격을 주어 불 시에는(사람의 목 뒤를 팔로 내려치는, '연수를 까는' 동작을 하며) 사람이 불구가 될 수 있는 그런 위험한 곳이여. 알았지? 그럼 자, 이제 내 얘기 시작한다.

내 얘기는 내가 중2 때, 중2 때 어느 토요일이었어. 집에 빨리 돌아온 나는 엄마한테 밥을 달라고 했지. 그러니까 엄마는 귀찮다면서 "아~ 그냥 짜장면이나 시켜 먹어라." 그러는 겨.

너무 배가 고픈데 짜장면 먹으라니까 좀 화도 나고 했는데 토요일이고 하니까 그러려니 하고 짜장면을 시켜 먹었어. 아저씨가 오고 짜장면을 주고, 아저씨한테 밝게 인사도 하고 짜장면을 맛있게 먹었어.

그리고서 시간이 흘러가지고 저녁이 된 겨. 이제 저녁이 됐는데 우리 부모님의 직업상, 우리 부모님은 밤에 출근을 하셔. 그렇다고 좀 이상한 직업은 아니여. 그래가지고 나는 내 동생이랑 저녁을 챙겨 먹어야 했는데, 솔직히 내가 할 줄 아는 요리는 없잖어. 또 뭔가 시켜 먹어야 했어. 내가 내 동생한테 물어봤지.

"우리 저녁 뭐 먹을까?" 했는데 내 동생이 찰나의 시간도 생각하지 않고 말하는 겨.

"짜장면."

나는 그 순간 연수를 깔려는 내 손을 잡았어. 근데 다시 이성적으로 생각을 해 봤어. '아, 얘는 내 동생이여. 하나밖에 없는 내 동생이고 짜장면을 먹고 싶다는 거 아니여.' 이성적으로 생각하고 있는데 내 동생이 날 보채는 겨.

"짜장며~언 , 짜장며~언." 그러는 겨. 올라간 손을 잡고, 그래 또 짜장면 먹어 주자 하고 다시 짜장면을 시켰어. 몇 분 있다가 또다시 짜장면 아저씨가 오고 짜장면을 내려놓으면서 나한테 말하는 겨.

"학생은 참 짜장면을 좋아하나 보네."

난 또 한 번 연수를 까려는 내 손을 잡았어. 그렇게 또 꾸역꾸역 저녁을 짜장면으로 먹고 시간이 흘러가지고 밤 한 열두 시쯤 된 겨.

밤 열두 시쯤 돼가지고 갑자기 배가 살살 아파 오기 시작하는 겨. 어떡하지 하다가 화장실에 들어가가지고 자세를 잡아 봤어. 자세를 잡아 봤는데, 내가 길을 잘못 들었다 싶었어. 안 나오는 겨. 아, 여기가 아닌가 보다 싶어서 나와가지고 자고 있던 할머니를 깨웠어.

"할머니, 저 체했나 봐요."

막 배가 너무 아프다고 해가지고, 할머니가 손도 따 주고 그 염소 똥처럼 생긴 약 알지? 정로환이랑 까스활명수를 먹고 자리에 다시 누웠어. 그런데 이게 도무지 가시질 않는 겨. 결국 또 계속 참다 참다 했는데 새벽 두 시쯤 엄마 아빠가 들어오셨어. 엄마 아빠가 들어와가지고 난 아빠한테 말했지.

"아빠, 나 배가 너무 아퍼. 어떡하지?"

그러니까 아빠가 귀찮다면서,

"남자새끼가 돼가지고 그냥 뜨신 바닥에 가서 배 깔고 자, 임마!"

그래도 가족인데……. (청중 웃음) 그쯤 되니까 내 정체성에 대해서도 고민이 되더라고. '도대체 이 가족에게 있어서 나란 존재는 뭔가? 난 하필 왜 남자로 태어나가지고 아프면 안 되나?' (청중 웃음)

그런 생각을 하고 있으면서도 결국 참았어. 참다 참다 보니까 그 까스활명수의 위력이 또 대단하잖아. 부채표 알지, 부채표? 부채표를 먹고 가시니까 이제 내려오더라고. 그래서 신호가 와가지고 다시 화장실을 가려고 일어나는데 갑자기 트림이 나오면서 정로환 냄새가 막 나는 겨. 막 역겹잖여, 염소 똥 냄새. 그래가지고 또 구역질 나서 올라오는 겨. 내려가려고 하는데 또 올라오니까 이게 이제 양쪽으로 나오려고 하네.

너희는 아마 그 난감한 상황을 잘 모를 겨. 그 난감한 상황이 나에게 내 생에서 두 번째 난감한 상황이었어. 첫 번째 난감한 상황은 뭐냐면, 너희도 다 공감할 겨. 뭐냐면 우리 엄마 아빠가 바로 앞에 앉아 있는데 우리 삼촌이 나한테 물어보는 겨.

"민수야, 너는 엄마 아빠 중에 누가 좋아?"

그런 질문이 어딨어, 세상에. 삼촌의 연수를 깔 수도 없는 그 상황에서. 그 상황 다음으로 난감한 상황이 나한테 닥친 거야. 아래위로 나오려고 하는 상황.

내 방에서 화장실까지 이 초 거리 있는 그 시간 동안 난 참 많은 고민을 했어. 이 상황을 도대체 어떻게 대처를 해야 하나? 우리 집에 변기는 하나밖에 없는데. 그래가지고 난 두 가지로 결정을 내렸어.

'첫 번째, 변기에 앉아서 바닥에 토를 해야 하나?(변기에 앉아서 바닥에 토하는 시늉으로) 두 번째, 바닥에 앉아서 (청중 손뼉 치며 웃음) 토를 변기에 해야 하나?'

그 이 초 동안 난 많은 생각을 한 겨. 그 생각을 하면서 결국 나는 일 번을 택했어. 변기에 앉자! 그래서 난 너희들이 앉아 있는 상태에서 고개만 사십오 도로 이렇게 숙인 자세로 깨끗하게 일을 봤어. 그렇게 깔끔하게 일을 끝내고 화장실에서 나오는데 난 그게 마지막인 줄 알았네. 아니었어. 연거푸 세 번 정도 들락날락거렸어. 그렇게 하니까 반탈진 상태가 된 겨. 모르겠는 겨, 이제. 엄마 아빠를 부를까 했는데 다음 날 아침에 아빠가 나에게 할 말을 떠올려 봤어.

"넌 다 큰 남자새끼가 돼가지고 똥오줌도 못 가리냐?"

그 말 들을 생각을 하니까, 아~ 미치겠는 겨. 아니다, 그 말을 들을 수는 없다 생각해가지고 난 결국 혼자 끙끙 앓았어.

그렇게 하다가 이제 아침 여덟 시까지 참다 보니까 이제 정말 안 되겠는 거야. 그래가지고 엄마 아빠를 또 깨웠슈. 깨워가지고 아침 여덟 시에 병원에 갔어. 병원에 가가지고 이제 안심이 되잖어, 병원에 오니까. 의사 선생님한테 이제 진료를 받았어. 의사 선생님한테 내가 짜장면을 두 그릇 먹고, 연수를 까려다가 초똥을 싸고, 하는 말을 다 끝내니까 의사 선생님이 "음~" 하고 들어 보다가 한마디에 난 또 쓰러질 뻔했어.

"학생, 그러면 바지랑 팬티 벗고 엎드려뻗쳐 봐." 그러는 겨.

내가 뭐 벗으라고 해서 벗는 그런 헤픈 남자가 아니여. (청중 웃음) 근데 너무 아픈 상태잖아, 내가 지금. 그래서 어쩔 수 없이 벗고 엎드렸어. 그러니까 의사 선생님이 갑자기 고무장갑을 끼고, 비닐장갑을 끼고, 젤을 바르더니 엄지손가락 위주로 이걸 (엄지손가락에 젤을 발라 다른 한 손으로 문지르는 시늉을 하며) 하는 겨. 그러더니 내 엉덩일 툭툭 치면서 "학생, 힘 빼요." 그러는 겨.

난 그때 차라리 그 의사 선생님이 나에게 "학생, 힘내요."라고 말해 주길 바랬어. (청중 웃음) 그 의사 선생님은 나에게 힘 빼라는 말과 함께 엄지를 넣었어. 엄지를 넣은 동시에 나는 비명을 질렀어.

"엄마~" 하니까 우리 엄마 아빠가 진료실 밖에서 막 걱정을 하는 겨.

"어, 왜 그러는 겨? 왜 그러는 겨?" 하는 목소리가 나에게 들렸어. 그러면서 나에게 또 막 꿈틀대니까,

"악~ 찢어질 거 같아요." 그러니까 엄마 아빠 또 밖에서,

"하~ 도대체 뭐가 찢어진다는 겨?"

그러면서 그렇게 약 오 초 정도 내 안에서 엄지가 꿈틀대더니 밖으로 뺐어. 밖으로 뺀 엄지를 의사 선생님이 치켜들면서 말하는 겨.

"좋은데."

도대체 뭐가 좋다는 겨? 그래서 난 이렇게 아파 죽겠는데 좋다고 하는 겨. 그 상황을 내가 할 수 있는 단어로는 어떻게 표현을 못 하겠어. 그 느낌을 알고 싶은 사람이 혹시 있다면, 지금 옆에 있는 사람을 그윽히 쳐다보면서 엄지를 들고…… 나중에 한번 해 봐.

다시 내 얘기로 돌아와가지고, 그렇게 의사 선생님이 진료를 마치고 이제 주사만 맞고 집으로 돌아가래. 난 이제 정말 끝났구나 싶어가지고 주사 맞으러 갔어. 이렇게 막 좀비가 된 상태로 갔는데, 간호사 누나가 하필 이쁜 겨. 그래서 잘 보이고 싶다는 생각에, "안 아프죠?" 정말 아파 죽겠는데, 찢어질 거 같고 여기 아파 죽겠는데 잘 보이고 싶단 생각에 안 아픈 척을 했는데 의사 선생님, 간호사 누나가 얘기하는 거야.

"바지랑 팬티 벗으셔야죠."

이제 못 벗을 것도 없잖어. (청중 웃음) 그렇게 짧게 주사만 맞

고 집으로 돌아온 나는 침대에 누워서 생각을 했어.

'정말 긴 하루였다. 다시는 기억하고 싶지 않은 기억이다.'

그래가지고 나는 여태껏 다시는 짜장면을 하루에 두 그릇 이상 먹지 않게 됐어. 그렇게 나는 병원에서 힘든 진료를 마쳤는데, 너희도 짜장면 하루에 절대 두 그릇 이상 먹지 않길 바래.

이상 박민수였습니다. (청중 손뼉)

전골냄비
이야기

조혜연(대구 정화여자고등학교 2학년)

안녕하세요. (청중: 안녕하세요.) 저는 대구 정화여고 조혜연이라고 합니다. 이제 제 이야기를 하려고 하는데, 친구에게 하는 것처럼 편하게 얘기하도록 하겠습니다.

때는 작년, 재작년 겨울, 기말고사가 끝나고 밥을 안 먹고 집에 일찍 왔는데 배가 너무 고픈 기라. 막 쓰러질 거 같은데, 집에 왔는데 먹을 거 하나도 없고, 엄마는 이제 일어나가지고 이제 막 밥을 하시는 기라. 진짜 쓰러지겠데, 배고파서. 그래서 안 되겠다 싶어서 이 사태를 데모로 해결해야겠다 싶어가지고 주방으로 뛰어갔지.

그래서 냉큼 싱크대를 붙잡고, "엄마, 배고파 배고파 배고프
다."(단상 위 탁자를 붙잡고 흔들며) 그랬지. 그카이까 싱크대가 막
흔들흔들 하는 거야. 그래서 엄마가 "하지 마라." 카는데 한 번
더 했지.

"엄마, 배고파 배고파."(다시 한 번 탁자를 흔들며) 카는데 저 위
에서 진짜 뭐가 도공도공 카더니 이따만 한 전골냄비가, 돌로 된
거다, 그게 내 얼굴로 그만 팍(한쪽 발로 바닥을 굴리며) 떨어지는
거야. 그게 진짜 영화의 한 장면처럼 코피가 바람에 확 흩날리고
머리 위로 별이 뺑뺑 돌면서 그대로 기절했잖아.

기절해서 일어나니까 병원 응급실에 실려 왔는데, 엄마는 옆
에서 울고 계시고, 겨우 정신을 차렸는데 이제 그라이까 뭐 검
사를 받고 사진을 찍고 있는데, 있잖아 눈이 요게 막 아프데. 근
데 막 눈이 좀 붓기 시작하는 거 같더니 푸른색과 붉은 빛의 아
름다운 조화의 멍이 사악 퍼지는 기라. 진짜 아프데.

의사 선생님이 오시더마는 "아, 심각하다." 카면서, "눈을 이케
받치고 있는 뼈가 산산조각 났다." 카면서, 마 다 깨 뿌사져가
없대, 마 뼈가. 근데 너무 심각해가지고 대구에서 절대 못한다
카믄서 심각하다고 서울에 큰 병원으로 가라 카는 기라. 그래가
지고 서울에 큰 병원으로 갔지. 갔는데, 거기서 지금 붓기가 너
무 심해서 손도 못 댄다 카믄서 4일 뒤에 인제 붓기가 빠지길

기다렸다가 수술을 한대.

그래 하는데 그동안 절대 안정을 취하라 카는 거야. 근데 말이 절대 안정이지 먹고 노는 거 아이가. 맞제? 긍까 먹고 놀면서 이게 링겔 끌고 가면서 우~ 하면서 노래 부르고 온 병원을 헤집고 다녔지.

긍까 한 이틀 삭 댕기니까 안 가 본 데가 없는 기야. 근데 딱 한 군데 못 가 봤거든. 그게 바로 병원 신생아실. 아가야 훔쳐 가면 안 되잖아. 그라이까 산모랑 관계자 말고 절대 못 들어간대. 너무 드가 보고 싶데. 근데 생각해 보니까, 아 산모 드가는 데 섞여 드가면 되겠다 생각했어. 일단 몸매는 산모 몸매잖아. 어디 한 부분 의심할 부분이 없잖아. 그래가지고 은자 산모들 드가는 데 있잖아, 산모의 그런 기쁨의 표정을 짓고 인제 뒤뚱 뒤뚱 이케 걸으면서(배를 감싸 안고 산모처럼 걸으며) 이케 줄 들어가고 있었어.

거기 어떤 사람이 "어, 거기 날씬한 학생 산모 아닌 거 같은데."라고 말해 줄 줄 알았어. 근데 아무도 머라 안 카데. (청중 웃음) 타치를 안 하는 거야. 그래가 인제 보고 이래 나오는데, 아우 슬프데. 여고생인데 임산부들이랑 산모들이랑 같이 있어도 전혀 의심받지 않는 몸매, 너무 슬프잖아.

그래가지고 안 되겠다 싶어서 '이 기회를 빌어가지고 살을 빼자, 병원에서' 이케 생각했는데, 밥이 너무 맛있네. 밥이 너무 맛있다 아이가. 그래서 영양사 언니 지나갈 때마다, "언니 오늘 국 환상적이었어요. 저는 오늘 오징어볶음에서 바다를 느꼈어요." (청중 소리 지르며 웃음)

언니가, 영양사 언니가 내를 너무 좋아하는 기라. 맨날 내 지나갈 때 있잖아. "(목소리를 낮추어) 혜연아, 혜연아." 불러가지고 우유 하나씩 올라 주시고, 요구르트 꾹꾹 찔러 주시고, 남들 계란 한 개 주실 때 나는 다섯 개 픽팍 주시고, 마 식판이 비좁도록[1] 주셨어.

근데 이래 잘 묵고 지내고 있는데 이제 수술이 다음 날이라카는 거야. 그래가지고 엄마랑 내랑을 의사 샘이 딱 부르데. 딱 갔는데 하얀 종이를 주시는데 수술 동의선 거야. 그래서 내가 하게 될 수술은 너무 위험한 수술이라서 수술 중에 심장마비가 올 수 있고, 수술 후유증으로 뭐 실명이 될 수도 있고, 사시나 복시도 올 수 있겠다고 하는 거야.

그래가지고 그거를 설명을 하고 가시는데 엄마가 설명하시면서 눈물을 딱 흘리시는 거야. 그래 내 못난 딸 때매 엄마가 그러시는 걸 보니까 너무 마음이 아프데. 그래가지고 이제 왔는데,

---

1 비좁도록

엄마한테 너무 미안한 거야. 맨날 내 때매 쪼매난 보호자용 침대에 주무시고 이래가지고 내가 "엄마, 미안." 이캤어. 그카이까 엄마가 "아이다." 카면서 "엄마가 니 대신 다 아파 주지 못해서 엄마가 더 미안하다." 카시는 거야.

그래가 엄마랑 진짜 그날 정말 울었거든. 나는 그때 우리 엄마 손이 그래 따뜻한지 그날 첨 알았거든. 진짜 따뜻하데.

그래 담날 아침이 됐는데 수술하러 가야 되잖아. 그라이까 선생님이 나를 데리러 오셨는데, 알제? 그 수술용 침대, 바퀴 달려 갖고 그걸 끌고 오셨는데, "요 누라." 카는 거야. 딱 누웠지. 근데 이케 끌고 이래 가고 있는데, 알제? 그 드라마 보면 수술실 갈 때 머리 위로 형광등이 슉 슉 지나간다 아이가. 이게 침대 이게 느리니까 고 느낌 고게 안 나. 그래가 "선생님, 더 빨리." (청중 웃음)

"이봐라, 아, 니 이카지 마, 이카지 마. 니 오늘 수술하러 갈 사람인데 왜 이카노?" 캄서 딱 가가지고 수술 시작했어.

엄마랑 빠이빠이 하고 딱 드갔어. 딱 갔는데 왜 수술실 하면 이따만 한 조명 세 개가 팍팍팍 들와야 되잖아. 그게 없네. 섭섭하잖아.

"선생님 그거 어디 갔어요?" 카니까, "아, 조명 큐." 카니까 팍팍팍 들오는데 기분이 싹 좋아지데.

그래가지고 있는데, "아, 선생님. 저 저 메스는 뭔가요? 저건

뭔가요? 저건 뭔가요?"하면서 진짜 시끄럽게 "아하하, 저거 신기하다."카고 있는데, 정말 간호사 선생님들하고 의사 선생님들하고 긴급회의가 열린 기야.

"자² 입 때매 수술 진행이 안 된다. 자 입, 자 입, 자 입 빨리 좀 재워라. 우짜든동 재워라."(청중 웃음) 이래 된 거야. (청중: 대박이다!)

그래가지고 선생님들이 보통 드가며는 한참 있다가 수술 설명도 듣고 이래 재운다 카데. 내뜸 주싯바늘 들고 오시는 거라. 그래가지고 팔에 꾹 찌르시는데…… 있잖아, 순간 눈앞이 깜깜해지면서 "이, 약, 은, 요……." 하믄서 그대로 쓰러져가지고 마취가 된 거야.

그래가지고 한 세 시간쯤 지나가 일나 보니까 이제 수술실에 내가 딱 있잖아. 산소마스크가 딱 쓰여져 있고, 이케 붕대가 딱 가려져 있데. 근데 나는 내 스스로 숨을 쉴 수가 있을 거 같은데 막혀져 있는 거라. 내가 이거를 딱 띠면서(산소마스크를 떼는 시늉을 하며) 초인적인 힘으로 팍 일났제.

간호사들이 "어! 조혜연님, 조혜연님, 이러시지 마세요. 이러시지 마세요."

---

2 저 아이

"괜찮아요, 나 내 입으로 숨 쉴 수 있고……." 카면서 침대에서 내려 걸어 나왔지.

그러니까 간호사 쌤들이 "아, 조혜연님, 조혜연님, 이러시지 마세요. 이러시지 마세요. 수술 끝나고 자기 발로 걸어 나오는 환자가 어디 있어요?" 이러는 거야. (청중 웃음)

아 내 나 진짜 괜안타고 카는데, "아니에요. 저희도 면목이 있지, 아픈 척하고 누워 계세요." 이카는 거야.

그래가지고 산소마스크 끼고 하면서 슬픈 표정으로 누워 있는데, 의사 선생님이 내 보러 오신 거야. 오셨는데 반갑잖아. 그래가지고 "아이고, 선생님." 카면서 뛰어 내려갔지. 그러니까 선생님이 "(서울말을 흉내 내며) 너 정말 신기하다. 너 오늘 아침에 수술한 애 맞니? 내가 다 의심스러워." 이러는 거야.

정말 경이로운 회복력을 보였거든. 그래가지고 이제, 눈에 궁까 이걸 했는데(안대를 하고 있는 시늉을 하며), "아 니는 정말 신기하다." 캄서 "우리 병원 역사상 이런 아도 있다." 카믄서 "명예의 전당에 올려 주께." 카믄서 이렇게 돼가지고…….

이제 이틀 뒤에 퇴원을 하자, 이래 돼가지고 있잖아, 이케 눈을 그냥 막카³ 났는데, 이제 수술하고 퇴원 하루 앞두고 "이거

---
3 막아

함 떼자." 캤는 거야.

이래가지고 이케 했는데(안대를 떼는 동작으로), 딱 떼는 순간 있잖아, 하 막 심장이 터질라 카는 거야. 뭐 수술하기 전에 뭐 실명 뭐 사시 복시 캤다 아이가. 심장이 터질 거 같은 거라. 그래가지고 막 뗐는데 보여. 보이긴 보여.

근데 엄마한테 "엄마, 내가 엄마 보고 있나?" 카이까, 엄마 보고 있대. 사시는 아니잖아. 딱 봤는데, 사물이 다 두 개씩으로 보이데. 이게 복시인 거야. 그래가지고 정말 절망적이데. 진짜 슬프데. 해서 물건이 있는데 이케 잡을라고 손을 뻗치면 두 개니까 물건 잡을 수도 없는 거야. 정말 절망적인 거야.

그랬는데 내가 생각을 바꾸기로 생각했어. 그래서 생각을 삭 바꾸니까, 만약에 냉장고에 아이스크림 한 개가 남아 있어. 근데 나는 두 개 남아 있잖아. 기분이 삭 좋데, 고마. (청중 웃음) 첨에 수술할 땐 뭐 심장마비, 실명 이렇게 했는데, 복시 이거 아무것도 아니잖아 하고. 나는 너그들 한 개씩 볼 때 나는 두 개씩 보는 거다. 그래가지고 다른 사람들은 장애라 카면서 뭐라 칼지 몰라도 난 정말 큰 축복이고 정말 더할 나위 없는 행복인 거 같다. 그리고 너희들 밥 먹을라고 떼쓰면 내처럼 된대이.

감사합니다. (청중: 와~ 하면서 손뼉)

우윳빛
인생

구선경(경남 마산내서여자고등학교 2학년)

　내가 할 이야기는 우리 할머니에 대한 이야기거든. 근데 내가
우리 할매 마음 아픈 이야기를 할라 해서, 어제 할머니한테 본
선 진출해 전화를 할라 했는데 안 했어. 할머니가 나가는 거 싫
어했었어. 그래, 안 할라고 했었어. 전화를 안 했는데, 어제 폰을
켜 놓고 잤는데, 아침에 일어나 보니까 부재중 여섯 통이 와 있
는 거라. 새벽 세 시에.

　문자를 딱 보니까 고모가 '니 할매 성났다. 왜 전화 안 했노?'
이라는 거라.

　오늘 올라 했는데 할매가 자존심 상해서 안 왔대. 내가 전화
를 안 해갖고. 이번에 할머니가 왔으면 좋았을 텐데.

내가 우리 할머니한테서 컸는데, 내가 친구들한테 말할 때 진짜 내에 대한 세 가지가 있단 말이야(손가락 셋을 펴서 하나씩 가리키며). 첫 번째가 내가 서울에서 태어났다는 거고. 서울에서 태어났다가 바로 백 일 만에 이리로 들어왔다, 일로. 그 다음에 두 번째가 외동이라는 거. 외동이라는 거 애들이 안 믿어. 이것도 어쩔 수 없이 사연이 있겠제. 세 번째는 내한테는 엄마가 없고 우리 아빠는 정신병원에 가 있다는 거란 말이야.

그런데 애들한데 이 얘기하면 꼭 이 분위기란 말이야. (청중 웃음) 조금 미안해가지고 어쩔 줄 몰라 하는 거라. 근데 괜찮거든, 난 괜찮거든.

내가 처음으로 '나는 다른 애들이랑 조금 다르구나. 다른 애들은 엄마 있고 아빠 있고……' 이걸 느낀 적이 언제였냐면, 초등학교 1학년 때. 처음이자 마지막으로.

그게 운동회였는데, 왜 그런 거 있다 아이가, 반 자기가 뛰고 반은 엄마 품에 업히갖고 뛰는 거. 근데 우리 할머니가 엄청 걱정을 했어. '내가 할머닌데 어떻게 할까.' 그라고 내가 안성리 살았거든. (안성리에서 우리 학교에 다니는 애가) 세 명이었어. 남자 두 명, 내 한 명. 이렇게 내가 보여도 오십 미터 달리기 7.2에 뛰거든. (청중: 와~) 1등이다, 1등. 우리 할머니는 절대로 체육에서 지는 거 억수로 싫어하거든. 이단뛰기 팔십 개 팍팍~ 시험 쳐가

1등 했다.

따따따~(출발 신호처럼) 초등학교 1학년 그때 막 뛰었는데, 남자애들이라 내가 너무 딸리는 거라. 배를 내밀고 막 뛰었어(배를 내밀고 뛰는 흉내를 내며).

할머니가 엄청 긴장을 핸 거라. "(큰 소리로) 선경아! 미안타. 소처럼 뛰라. 소처럼." 뛰면서 소처럼 뛰었어. 할머니는 우리 젖소처럼 뛰면 될 거라 생각했나 봐. 내가 그때 제일 늦게 도착했어. 우리 할머니가, 할머니가 내를 업자마자 "선경아 준비됐나? 뛴다." 팍~ 우리 할머니 1등으로 도착했거든. (청중 오~ 하면서 손뼉)

할머니가 내 기 안 죽이려고 억수로 노력을 했단 말이야. 그래서 내가 이렇게 잘 컸어.

그런데 그만큼이나 내한테 우리 젖소와 나의 사연이 있단 말이야. 우리 젖소는, 내가 우리 할머니 집에 백 일 만에 간 그 순간부터 소를 키웠거든. 빚을 져갖고 한 마리를 했는데, 애가 어쩌다 보니까 많이 커가지고 불어났어, 소가.

할머니가 젖을 짜는데 나는 우리 할머니한테서 안 떨어지려고 했었대. 엄청 어렸을 때 할머니 등에 계속 업히고 싶어가지고 막 울었다네. 할머니가 소 젖 짜러 가는데 할머니가 내를 보행기에 태워 놨는데, 우리 툇마루가 있는데 거-서 내가 떨어졌대. 그 후로부터 내를 업고 했다네.

소 밑에 들어가가지고 소젖을 짠 거지. 근데 소젖을 어떻게 짜냐면, 소 찌찌에, 이게 인공 기계를 끼워가지고 억지로 빼내는 거란 말이야. 그러니까 소는 싫잖아. 자기 찌찌에다가 작업을 하고 있는데, 너무 싫은 거야.

나는 할머니 등에 업혀가지고 너무너무 좋아하고 있었는데, 소가 싫어서 꼬리질을 하다가 내 얼굴을 팍 받은 거야. 그런데 그 소꼬리가 얼마나 더럽냐면, 소 똥 싸는 그 밑에 바로 꼬리가 있기 때문에 똥이 많이 묻어 있거든. 그리고 소꼬리가 얼마나 강하냐면 파리를 쫓기 위해서 엄청나게 빠른 속력으로 돌린단 말이야. 얼굴이 어렸을 땐 요만하잖아(주먹만 한 크기라는 듯). 그래가지고 얼굴에 맞았으니까 피멍이 다 든 거라. (청중: 어~)

그런데 할머닌 몰랐대. 나는 무조건 할머니한테 업혀 있어 너무 좋아가지고 계속 있었다는데, 할머니가 나를 보자마자 피 똥 칠갑이 돼 있는 거라. 그래서 씻겼는데 애가 완전 멍이 들어 있었는데, 그때가 설날 때였거든. 친척들이 왔는데, 친척들 억수로 귀하게 자란 애들이 왔는데 얼굴이 하얀 거라. 내를 보면서 할머니가 엄청 많이 울었대.

할머니는 그러면서도 소 키우는 거 포기 안 했어. 왜냐하면 소는 우리의 반찬이자 통장이자 우리 집의 재산이거든.

진짜 소도둑 이런 거 제일 싫어, 우리. 근데 IMF가 터졌는데 소도둑이 뭘 알았나 봐. 소가 귀한 걸. 소를 훔쳐가는 거라. 이 새끼들. (청중 웃음) 그래, 우리 할머니가 소도둑들 잡아야 된다는 일념으로 순번으로 하면서 우리 소 축사를 지켰단 말이야. 할머니가 의자랑 갖다 주면서 새벽 네 시에 내를 깨우는 거라.

"선경아! 여기 앉아갖고 있어라"고 하면서 잠바를 주면서 지퍼를 찍 올려 준 거라. 나는 "네~"이라면서, 그때가 초등학교 3학년 때였거든. 그때 내가 엄청 공부를 잘했는데 구구단을 다 못 외웠어. (청중 웃음)

그래서 구구단을 열심히 외우고 있었어. "육일은 육, 육이 십이……." 했는데, 그때가 다섯 시 경이었어. 졸다가 '육구' 할 차례였는데, 그때 그 새끼가 문을 딱 연 거라, 축사 뒷문을. 소도둑이 딱 열었는데, 자기도 놀랐는데, (뒷주머니에서 뭘 꺼내는 척하며) 아 그래가지고 후레쉬 있잖아, 그걸 켜가지고, 딱 켰어. (후레쉬를 갑자기 비추는 척하며) 그기 내 얼굴인 거라.

"(졸린 목소리로) 육구." 하니까 바로 "(깜짝 놀란 듯 큰 소리로) 오십사!"

그 소리에 다 깬 거라, 사람들이. 너무 놀래가지고 할머니하고 할아버지는 일어나가지고 그 소도둑을 바로 잡았어. 단매에. 우리 할머니가 소 협회에서 상을 받았어. 잘했다고. 박수 한 번

쳐 줘. (청중: 오~ 하면서 손뼉)

이렇게 나는 잘 컸거든. 그런데 학생 시절에도 질풍노도의 시기가 있잖아. 내가 고2가 되었을 때 엄청 공부를 잘했거든. 고2, 친구를 잘못 사귀었어. (관중석의 친구를 가리키며) 친구를 잘못 사귀어가지고 엄청나게 내가 타락을 하게 되었어. 공부를 안 한 거라. 할머니는 내가 엄청나게, 우리 아빠가 엄청 공부를 잘해 가지고 우리 집안의 부흥을 일으킬 사람이었어. 근데 아빠가 그렇게 되고 나니까 내한테 너무나 큰 기대를 하는 거라. 우리 할머니가 그래서 항상 할머니가 문제집 사러 같이 다니고 그랬었거든.

근데 내가 공부를 안 해도 할머니가 '이번에는 참아 줘야지. 이번에는 참아 줘야지. 내가 내 손으로 손녀 잘못 키워서 그렇다. 공부 안 해도 참아야지. 참아야지.' 이랬는데 성적표가 날아왔는데, 전부 다 삼백 몇 명인데 세 자린 거라, 전부 다.

할머니가 완전 성나가지고 "일 아니면 이 이렇게 받다가 이 새끼가……." 이라더만.

내가 어느 날 하교를 했어. 새벽 한 시쯤이었어. 학원 갔다가 돌아오고 있었는데 대문간에 소가 없는 기라.

'소가 왜 없지? 젖소가 없다. 그러면 우리 집안의 판도가 달라질 텐데…….'라 하면서 들어왔는데, 문을 여는데 불이 다 꺼져 있는 거라. 옛날에는 항상 우리 할머니가 불을 켜서 맞이했었거든. 그런데 불이 꺼져 있어. 할머니가 딱 열더마는 방에서 고무장갑을 들고 나오시는 거라. 나를 두 시간 동안 때리시는 거라. 새벽 세 시까지. 막 때렸어.

"(고무장갑으로 때리는 흉내를 내며) 가시나. 니가 응, 니가 도대체 공부를 왜 안 해?"하면서 때리셨어. 그때 이런 거 있잖아, 너무 눈물이 났었어. 이렇게, '옛날에는 할머니 엄청나게 힘이, 그래서 아팠었는데 왜 지금은 안 아프지?' 이러면서 눈물이 난 게 아이고, 실제로 때리니까 아픈 거라. (청중 웃음) 얼굴 맞아 봐봐. 아프잖아. 조금 성나데.

"할머니, 할머니 왜 그러세요? 제 인생은 제 거에요."하면서 할머니를 밀고 내 문을 열고, 떵 잠그고 잤어. 그런데 그때 너무 눈물이 나데. 나도 그 눈물의 원인은 모르겠어.

다음 날 밥도 안 먹고 학교 갔다가 왔어. 그런데 할머니가 스케치북 그거를, 뭘 적어 놓은 그거를 나한테 주는 거라. 할머니가 글을 모르시거든. 내가 할머니한테 글을 가르쳐 줄라고 할머니 이름을 가르쳐 줬는데, 성함을 가르쳐 드렸는데, 우리 할머니 성함이 방 자, 순 자, 임 자이셔. 그런데 내가 '방순만'이라고 가르쳐 줬단 말이야. (청중 웃음) 그 이후로 우리 할머니가 내한테 글을 안 배울라고 하는데…… 글씨가 빼곡하게 적혀 있는 거라, 스케치북에. 4B 연필로 엄청나게 눌러 쓴 글씨 있잖아. 초등학생이 아니면 볼 수 없는 그 글씨.

'슨경아.' 내가 선경인데……. '슨경아! 나는 니를 젖소보다 더 사랑한다.' 마침표 빡 붙이고 '방순만'(청중 웃음) 그거 보면서 진짜 아무 말 못하고 울 수밖에 없었거든.

근데 며칠 전에 종영 방송된 〈장밋빛 인생〉 알제? 그거 보면서 우리 할머니가 항상 이런 말씀하셔. "아이고, 저깟 최진실 뭐."이라면서 "저게 '장밋빛 인생'이면 내 인생은 '우윳빛 인생'이다." 이랬었거든.

그거는, 장밋빛 인생은 비록 새드로 끝났지만 우리 할머니 인생, '방순만' 그 이름 석 자, 내가 결코 우윳빛 인생 절대 새드로 안 놔 둘 거거든. 내가 효도해가지고 해피엔딩으로 만들게.

감사합니다. (청중 손뼉)

아버지

문효주(경남 고성중앙고등학교 2학년)

안녕하십니까? 고성여자고등학교 2학년 문효주라고 합니다.

어, 나는 아빠 얘기 할 건데. 어~ 많이 좀 미흡하고 재미없더라도 재미있게 들어 주고, 그리고 고성에서 왔거든. 고성이 또 비미[1] 촌이가. 보다시피 사투리도 억수로 많이 쓰고, 좀 가다 보면 또 감정이 격해지서 빨라질 수도 있어. 야무치게 좀 들어 주기 바란다. (청중: 우~ 하면서 웃음) 솔직히 말해서 억수로 떨리거든. 야무치게 하께이.

어, 우리 아빠가 진짜 터프하단 말이야. 고성에서 우리 아빠

---

1 어련히, 명백하거나 뚜렷하게

하면 다 알아주거든. 진짜 터프한데, 또 아빠 시대 사람들 보면 장발로, 장발이 유행했다 아이가. 머리를 요까지(손을 어깨에다 가져가서) 지다마이[2] 길라갖고, 컨츄리꼬꼬 탁재훈 머리 알제? 요 드라이 파마 살짝 넣어갖고 우리 아빠도 한참 그래 댕깄어.

그리고 또 오토바이를, 우리 아빠 장난이 아니게 오토바이 광이거든. 지금도 오토바이 타고 다니시는데, 차인표 오토바이 알제? 억수로 커갖고, 요리(몸을 뒤로 눕히면서) 반시나 누갖고[3] 타는 거. 지금은 그거 타고 댕기시는데, 젊었을 때 그 오토바이를 타는데 스피드 또 스피드 쨩이거든, 스피드. 막 타는데, 쨩맹킬로[4] 막 날라댕기. 눈썹이 휘날리다 못해 빠질 정도로 스피드를 즐기시는데, 옛날에 그리 스피드를 내시다가 사고로 인하야 요 손가락이(가운뎃손가락을 들어 보이며) 딱 뿔라지셨어.[5]

지금은 멀쩡한데, 외관상으론 멀쩡한데, 요 마디가(가운뎃손가락 큰 마디를 가리키며) 없거든. 근데 우리는 주먹을 지며는 불끈 요리 진다 아이가? 우리 아빠는 손이 이게 안 꼬부라져서 요리 (가운뎃손가락 세우고) 해. (청중 웃음)

---

2 길다랗게
3 반시나 누갖고 : 반이나 누워 가지고
4 쨩처럼
5 부러지셨어

근데 그기 좀 참 안타깝구로, 요 손이 가운데 끼 다치가 요 뜻이 좀, 좀 묘하다 아이가? 엿과 관련된 요 손이 돼갖고. 오토바이 타실 때도, 우리는 대충 대부분 사람들은 '웅~' 하고 타고 댕기는데, 우리 아빠는 요기(가운뎃손가락을 세워 보이며) 서거든. '우웅~' 이라고 댕기. (청중 손뼉 치면서 웃음) '뭐 가 오이라' 할 때도 '요 가 오이라, 저 가 오이라' 동네 아이씨들하고 싸움이 붙어갖고, 싸워서 슬~ 가 보모, 늘 요거(가운뎃손가락을 들어 보이며) 땜에 싸우셔.

우리 아빠는 터프한 것만 아니라 딸래미도, 내가 또 우리 집에서 외동딸이거든, 억수로 귀엽다고 이라는데, 우리 아빠는 또 자식 사랑 방법이 좀 특이하서. 뭐냐 하면, 딴 집에는 딸래미 귀엽다고, "아유, 이쁘다 이쁘다." 궁딩이 뚜디리고 이라는데, 우리 집은 귀여우면 고마 한 대 주 쌔리 삐는 기 귀엽다 쿠는 기거든.

고마, 밤이나 낮이나 귀여우면 고마 사람을 주 쌔리는데, 내 몸이 인제 아프다고, 한때 또 한약을 좀 뭈어. 내가 보기보다 좀 연약하거든. 근데 한약을 좀 뭈는데, 한약을 인제, 아빠가 텔레비전 보신다고 딱 누워 계시는데 엄마가 약을 다리 와가 "효주야, 약 무라." 그라면 내가 괜히 무 낌씨롱,[6] 딸이니까 아양 진다

---

6 무 낌씨롱 : 먹을 것이면서도

고 "안 해(아양 부리듯 몸을 살짝 돌리며)." 막 이랬어.

그란께 아빠가 약 지 준 거 안 묵는다꼬 눈이 벌개가지고 써억 일나시데.

그래갖고 살캉 겁을 묵었어. 내 그때까지 정신을 못 차리고, 옴마가 "어서 무라." 그때까지 정신을 못 차리고 "안 해." 막 이랬어.

우리 아빠, 갑자기 옆에 있던 파리채를 볼끈 쥐시더만 "어서 쳐무라." 이라대. 아 그때 갑자기 간이 홀콩한 기라.[7] 어차피 묵꼬 말 꺼, 그래도 여자 자존심이 있지 우찌 그서 끝낼 끼고? 삼세판 아이가? 한 번 더 팅기자 싶어 "안 해." 요래 딱 돌아서는데, 우리 아빠, 파리채를 갖고 고만 돌아보는 순간 얼굴을 주 쌔리 삐는 기라.

세사![8] 하루 점도록[9] 집에 있는 파리란 파리 맹삭[10] 다 그걸로 잡았으면서. 그란데 안타깝게도 거 한 마리 파리가 죽은 게 그새에 낑기가[11] 있었는 기라. 요 얼굴 볼티[12] 한 대 맞았는데, 머시 요 달랑달랑 해쌓데. 근지럽데. 눈물을 머금고 슬~ 떼서 봤

---

7 홀콩한 기라 : 덜컹하는 거라
8 세상에!
9 저물도록
10 전부, 모두
11 끼어
12 볼따구니

어. 파리 죽은 기 낼로 요리(몸을 비틀어 파리 흉내를 내며) 쳐다보고 있는 기라. (청중 손뼉 치면서 웃음)

그래갖고 놀래, 내는 이제 죽는 기라 싶어 그 파리를 쥐고 고마 무서움에 떨면서 도망갈 끼라고 막 도망을 갔어. 우리 아빠가 뒤에서, 거기서 그칠 우리 아빠가 아이거든. "쪼깨난 가시나, 잡히면 직이 삔다"고 막 뛰오는데, 갑자기 볼티를 사정없이 잡더마는 백육십 도로 팍 꼬잡아 삐데(볼을 잡아 꼬집어 돌리는 흉내를 내며), 눈물이 슬 나데. 거서 끝난 기 아이라.

그 다음 날에 또 신발을 사러 갔어. 우리 아빠는 또 내 신발 사고 이라는 데 억수로 잘 따라 댕기시거든. 그라고 신발 사는데, 우리 좀 크게 신는다 아이가, 신발? 신발 좀 몇 치수 크게 신으면 예쁘다 아이가? 크게 신을 끼라고, 우리 아빠 없을 때 주인아저씨 보고 "(목소리를 낮추어) 아이씨, 신발 좀 치수 좀 큰 거 주이소." 이랬어. 우리 아빠 몰래. 아저씨 주데. 신었거든. 참 요놈 그기 참 이뿌데(발을 들어 요리조리 살피면서).

막 보고 있으니까 우리 아빠 쫓아 뛰오더만 "발몽뎅이 키아가지고 뭘 하 끼냐"면서 "커서 도둑놈 발 될 끼냐"면서 우리 아빠 발 눌리 보고, 딱 맞는 거 알제? 그거 사 주거든.

"내 안 할 끼라"면서 그란게, 그 사람 많은 데서, 우리 아빠 장지갑 있어(바지 뒷주머니에서 지갑 빼는 시늉을 하며), 소가죽으로

된, 맞으모 바리[13] 하늘에 별이 열두 개 떠댕기고 이라거든. 그
거 가지고 머리를 주 쌔리 삐는데, 안 되것다, 우리 아빠 울어
삐면 안 때리. 울어야 되것다 싶어갖고, 그 사람 많은 데서 한
때까리[14] 안 맞아 볼 끼라꼬 "(우는 시늉을 하면서) 아빠, 으~ 때
리지 말지요." (청중 웃음)

그 우리 학교 아아들 다 있고, 쪽 다 팔고. 근데 옛날에 그리
막 맞을 때는, 이 집 딸이 아인갑다 싶어가지고, '어디 주 왔나?'
근데 맨날 눈물로 밤을 지새우고 집 나갈 끼라꼬 가방을 열두
번도 쌌다 풀었다 쌌다 풀었다 해쌓고.

지금 생각하면, 참 우리 아빠 지금도 신발 사고 옷 사는 데 잘
따라다니시거든. 근데 세심한 부분에도 신경 써 주시고, 그런
게 참 아빠한테 감사하고, 이 자리를 빌어서 아빠한테 "사랑한
다"고 말씀드리고 싶다.

감사합니다. (청중 손뼉)

---

13 바로
14 번, 차례

코 묻은 알반지

박미희 (광주 전남여자고등학교 3학년)

안녕하십니까? 인사를 해 주셔야죠. 안녕하십니까? (청중: 예)
저는 전남여자고등학교 3학년 4반에 재학 중인 박미희라고 합
니다. 오늘은 그면 인자 이야기를 시작해 보겠습니다.

나의 어머니는 상당히 이미지 관리를 하시는 분이거든. 인자
어느 정도냐면, 우리 엄마가 혈기가 막 넘치셔 부러. 우리 엄마가
나를 늦게 낳았거든. 나 늦둥이여. 그래갖고 내가 언니랑 스무 살
차이가 나. 긍께 엄마가 나이가 상당하시제. 엄마가 또 잘못 상관
을 해가지고 언니는 또 빨리 일찍 낳아 부렀어. 또 언니가 일찍
시집을 갔거든. 긍께 나는 항상 외동딸처럼 늦둥이처럼 살았어.

근디 엄마가 나를 상당히 이뻐하거든. 아주 그냥 집에서 미쳐 분디. 엄하기는 또 엄청나게 엄해 부러. 그래갖고 뭔 일만 하면 막 다른 엄마들은 요만치(조금이라는 표시를 하며) 화를 내는디 우리 엄마는 요만치(팔을 벌려 크게) 뿔려서 아주 뚜드려 부러.[1]

우리 집 앞에 목공소가 있었는디 목공소에서 매를 이렇게 많이 맞춰 나. 그래갖고 매를 종류별로 아주 뚜드려 부러, 나를. 그렇게 나를 엄하게 키웠어, 나를.

근디 우리 엄마가 얼마나 이미지 관리를 하냐면, 집에서 항상 그러시다가 밖에만 나오면 그런 아줌마들 있잖아, 교양이 찰찰 넘쳐갖고 얼굴에 온화한 표정 짓고, 착~ (우아한 모습으로 걸으며) 이러면서 아줌마들이 인사하시제. "안녕하세요, 아줌마." 이러면, "(나긋나긋 우아한 목소리로) 응, 그려요." 그러면서, 그러셔.

항상 집에서 탁자 위에, 넘들이 보면 집이라도 잘사는 줄 알제. 넘들이 보면 항상 탁자 위에 알반지만 수북해 부러. 손을 뻗으면 스카프들이 이렇게 탁 한 번 감아 주는(스카프를 한 번 감는 시늉을 하며) 그런 정도의 거리에 스카프가 놓여 있어.

엄마가 집에서는 딱 벗고 있으시지. 엄마가 살이 좀 있으시거든. 더우니까 여름에 벗고 있으셔. 딱 벗고 있는디 저기서 벨이

---

1 뚜드려 부러 : 두드려 버려, 때려 버려

166

떵동떵동 울리는 거여. 엄마가 가갖고 딱 문구멍으로 봐 불면 (뛰어가서 문구멍으로 보는 듯이) 도시가스 검사하러 온단 말이여.

"음메, 사람이네."

다시 와갖고 알반지를 갖다가 막 끼어, 그 바쁜 와중에. 스카프를 막 돌린다고 한참 있다가 나가. 문을 열고 보면은 아무도 없는 거여. 벌써 가 부렀어. 집에 없는 줄 알고, 아무도. 그래갖고 우리 집이 1001호인디, 1017호에 가서 도장 찍고 있는 거여.

"아저씨 뭐더러 그렇게 일찍 가 버렸냐." 그러면 "아니 아줌마가 상당히 기다려도 안 나오시길래 없는 줄 알았당께."

"아니 내가 중요한 일을 하고 있었어."

반지 다 끼고 스카프 몇 번 두르고, 엄마한테는 상당히 중요한 일이시거든.

근디 한 번은 그런 일도 있었어. 여기 딸들이 많으니까 알 것인디, 엄마는 항상 그러시잖아, "엘리베이터를 남자랑 단둘이 같이 타지 말어라."

우리 엄마는 더 뭐가 엄하냐면, 할아버지도 요새는 삼을 먹어 가지고 정력이 넘친께 할아버지도 위험하다 이 말이여, 우리 엄마는. (청중 웃음) 절대 안 된다, 할아버지. 그리고 쬐깐한 머시매들이라도 요새는 사춘기가 빨리 와가지고 불끈불끈 솟아 부니까는 너는 절대 혼자 타라. 남자가 중간에 타믄 눈치 봤다가 내

리고 있다가, 가만있다가 아줌마들하고 같이 있으면 아줌마들
하고 같이 타고 오라고 엄마가 그러시거든.

근디 하루는 너무너무 기분이 안 좋은 거여. 비가 추적추적
내리믄…… 여기 곱슬머리 있어? 내가 상당히 심하거든. 그래
갖고 비만 오면 머리가 다 뻗쳐 부러. 하늘로 '내 세상이여' 하
며 머리가 다 나와 부는 거여(손으로 머리가 하늘로 뻗치는 시늉을
하며). 그래 내가 어쩌겄어? 그날 너무 기분이 안 좋으니까 학교
끝나고 놀러를 갔겠니? 놀러를 못 가고 머리가 상당히 신경 쓰
여서 아무리 젤을 발라도 안 되니까 머리를 이렇게 이렇게 딱
잡고 집에 왔어.

엘리베이터를 타려고 기다리고 있는디, 저기 어떤 머시매가
나보다 키가 쬐깐해(어깨 아래로 온다는 표시를 하며). 쬐깐해갖고
노숙자 잠바 있잖아, 한 십 년 안 빨아서 황토색이 막 적갈색 돼
부렸어, 잠바가. 그런 걸 입고 안경 요만한 거 쓰고, 요러고(어깨
를 움츠러서) 오는 거여. 살며시 옆에.

그래갖고, '음메 쬐깐한 것이 뭐더러 내 옆에 섰네잉.'

나는 오기를 기다리고 있었지, 엘리베이터가. 근디 하나는 십
오 층이고 하나는 삼 층이었어. 긍께 내가, 남잔께, 삼 층짜리 누
르고, 같이 탈라 그란께 저것도 남잔께 같이 탈까 말까 고민하
다가 너무 기분이 안 좋으니까 기다리기 귀찮은게, 뭐시 내가

한 대 꽉 쳐 불면은 되야 불긋다 하고 같이 탔어.

딱 타고 나는 번호가 이렇게 올라가는 것만 쳐다보고 있는디, 그 남자가, 옆에 거울이 있는디 사정없이 나를 막 쳐다봐 분 거여. 반사해갖고, 나를 얼굴을 파 부릴 정도로 눈빛을 막 줘 부는 거여. (청중 웃음) 내가 속으로 그 남자 쳐다보는 것도, 그래도 남잔게 무섭잖아 조심해야지.

'음메, 저 남자가 뭐더러 나를 저렇게 쳐다본다냐. 음메, 왜 그런다냐.'

나는 벌벌 떨렸는디, 여기 여자가 많으니까 알겠지만 여자의 직감이라는 것은 전혀 무시를 못 하거든. 직감이 딱 들어맞어. 안 글냐? 글지? (청중: 예~)

우리 집이 십 층인디 구 층 정도 오니께 머리에 탁 머시가 꽂혀 불드라고. 요것이 뭔 일이 일어나겠구나 싶어갖고.

십 층 문이 열린께, 문이 살며시 탁 열렸어. 나는 몸이, 나는 마음이 급한께 얼른 요로고 탁 나가야 쓴디, 몸이 크잖아. 요로고(몸을 정면으로 내밀며) 안 나간다 이 말이여. 긍께는 내가 몸을 이렇게 틀어갖고 요롷게(몸을 옆으로 내밀며) 달려 나갔어. 긍께 그놈이, 아주 그냥 덮칠라고 했던 것이여. 나를 따라 달려 나오면서 다리에 손을 탁 뻗어 부러(손을 같이 뻗으며) 나를. 내가 갑자기 숨이 멎어 버릴 것 같아서 내가 이렇게 팍 앉아 부렀어(실제로 바닥에 주저앉으며). 긍께 손이 엉덩이에 껴서 그 남자가 이렇게 만질라다가 사정없이 빼려고 했는데, 내가 무게가 있으니까 못 빼잖아. 나는 "아~" 이러면서 울고 있고, 그 남자는 손을 기어코 빼서 도망가더라고.

근디 동네 아줌마들이 다 나와서 "음메, 저 집 딸 운다. 뭔 일일까나 얼른 나가 보자"고 다 나가는디, 우리 엄마는 아무리 내가 울고불고 난리 지랄을 떨어도 안 나오는 거여. 아니 뭔 일일까, 뭔 일일까. 계속 안 나온게 나는 그냥 생각했어.

'어 지금쯤 알반지 끼고 있구만. 으 지금쯤 스카프를 두 번 감았어.' (청중 손뼉 치면서 웃음)

정말 내가 이렇게 생각하고 있었제. 아니나 다를까 탁 문을 열고 나오는디 알반지를 수북허니 껴갖고 스카프를 돌려갖고 착~ "(나긋나긋 우아하게) 뭔 일이여?" 딱 요로고 나오는디, 엄마가.

"아이고 마 미처 불게. 난 변태 만나갖고, 으~ 으 변태."

"뭐라고 해쌓냐? 말을 똑대로[2] 해라, 똑대로."

"벼, 변태."

너무 부끄러운게, 넘들이 다 나와 있은게 엄마 이미지 관리하신다고 집에 가서 이야기하자고 하는 거여. 집으로 가기는 무

---

2 똑바로

슨. 내가 다리가 풀려갖고 못 일어나니까, 나는 이끌려 가고, 나는 질질 끌려갔어.

방에 들와갖고 엄마한테 이야기했제. 엄마가 그때는 "니가 뭐 더러 그렇게……."

내가 지금은 하복을 입고 있는데 동복은, 동복은 아까 상당히 줄인다 했는데 나도 상당히 줄였거든. 몸에 안 맞게. 응~ (청중 가운데 누가 손을 흔드는 걸 보고) 손을 흔들어서. 응~ 그래갖고 상당히 줄여 버렸거든.

"니가 뭐더러 그러고 치마를 짧게 입고 다녀갖고. 그래, 잘해 부렀다 잘해 부렀어. 더 만져 부러야제. 아래만 만지냐, 위에도 만져 부러야제."

엄마가 그러는 거여. (청중 손뼉 치면서 웃음) 내가 얼마나 서운해. 변태를 만나갖고 나는 가슴 떨려갖고 있는디.

인자 그랬는디, 그 주 주말에 티비를 보고 있었어. 우리 조카가 있거든, 조카랑 티비를 보고 있는디 뭐시 떵동떵동 벨이 울려. 근디 그 시간이 〈전국노래자랑〉 할 시간이여. 그걸 신나게 보면서 저건 붙긋다 저건 못허것다 평가하고 있는디, 왔어 누가. 떵동떵동 벨을 울린께, 내가 엄마가 교회 갔다 오실 시간인께 엄만갑다 하고 가서 본께, 그 남자가 서갖고, 그때 그 황토색 잠바 입고 요로고(어깨를 움츠리고 손을 모아서) 딱 있는 거여. 앞에 딱 요로고 있어.

'음메, 저놈이 인자 우리 집안 식구들까지 덮쳐 버릴라고 왔구나 저것이.' 너무너무 가슴이 떨려 부제 나는.

'음메, 으째야 쓰까.' 문 앞에서 벌벌벌 떨고 있으니까 문을 차고 아주 지랄 법석을 떨어, 거기서. 나는 안 나가고 가만 있었제. 그 남자는 계속 있은께 안 나오니까, 사람이 안 나오니까 가더라고.

엄마가 교회에서 오셨어. 엄마한테 "그놈이 왔당께."

엄마가 맨 첨에는 나 잘못이라고 하드만, 이것이 큰 일이 나 부렀으니 갑자기 눈이 확 뒤집어지시면서 "어, 알았으." 나가시드만 박카스를 한 박스 사시드만은, 우리 집 바로 앞에 우산동 파출소가 있거든, 우산동 파출소에 딱 가갖고 박카스를 탁 놓고 "(탁자를 탁탁 치며) 담당자 나와 담당자." 그러드만. 담당자가 "아, 뭔 일이시냐." 하고 나선께 "내가 딸자슥 키우는 그런 엄마로서 속이 썩어 뿐다. 어찌 딸 다리를 내놓고 그러고 밖에 내놓겠냐? 넘의 다리를 그렇게 만졌다는디. 내가 지금 속이 상해서, 심정이 상해서 내가 못 살겄다. 내가 혈압이 있는디 내가 못 살 것다." 그러신께, 파출소에서 우리 엄마 성격을 좀 알제. 긍께 그러시냐고 알았다고.

"다음 주에도 또 올 것이여. 분명 범죄자들은 한 번은 그 범

죄를 저지른 장소에 다시 나타나니까 그놈은 분명히 올 것이여. 내 느낌이 맞아 부러. 긍께는 우리 딸이 그때 전화를 헐라니까 바로 출동을 해 주라."

"알았다고, 출동한다고, 출동."

그러고 왔어.

그 주가 되았제. 그 주가 됐는디 아니나 다를까 또 〈전국노래자랑〉 보고 있는 그 시간에 맞춰서 딱 벨이 딩동딩동 거리는 거여. 그래갖고 봤는디, 그놈이 또 요러고 서 있는 거여. 내가 어쨌겄어? 덜덜덜 떨리는 마음을 진정하고, 우리 조카를 먼저 나인 척해 놓고, 인자 나는 파출소에 전화를 했제.

"아저씨, 그놈이 와 부렀어요."

"으, 그놈이 와 부렀어? 출동한다."

그러고 전화를 끊고 다시 도로 왔어. 긍께는 그놈이 이야기를 하는디, 뭐라고 하더라…… 잉, 아따 그 있잖어(잠시 잊어버린 듯 당황하며), 뭐더러 왔냐고 물어봤어, 그놈한테.

"아니, 아저씨 뭐더러 여기까지 왔어요?" 왔난께,

"(조그마한 목소리로) 사과하고 싶어서 왔는디요." 그래.

"아니, 뭣을 사과하냐?"

"아니, 내가 그쪽 다리를 만져 부렀잖아요."

그러는 거여. 아 황당시럽게. (청중 웃음) 꺼내기도 싫은디, 그 말을 해 부린 거여, 나한테.

"아니, 아저씨 여기 온 것이 지금 아저씨 실례다. 뭐더러 여기 왔어요?"

"아니, 사과하고 싶어서 왔당께요." 그래.

그 길로 갈라는 거여.

그래 내가 "아저씨 몇살이여?"

"스물네 살이여." 그러는 거여.

그래 내가 "아빠 스물네 살이나 퍼 먹어갖고 넘의 여자 다리를 그리 만지고 다니면 넘의 여자 얼매나 심정이 썩어 들어가겄어."

"그라지요, 그라지요잉." (청중 웃음) 하면서, "저 가께요." 그러는 거여.

아니, 아직 도착 안 했는디 간다 이것이여. 그래 내가 아저씨 잠깐만 있어 보라고, 가지 말라고, 나는 얘기가 덜 끝났다고, 내가 여고생인디 가슴이 떨려갖고 밤에 잠을 못 자고 불을 질러 부렀다고, 나 못 살겄다고 한께 아저씨가 죄송하다고 죄송하다고 그러고 티격태격하고 있는디 경찰이 딱 쩌기서 오는 거여. 긍께는 지가 도망갈라다가 못 도망갔제. 그래서 잡혀 부렀어.

그래 경찰이 볼 때는 뭔 애가 헐렁하고 쬐깐한께 겁 줄라고, 원래 함부로 수갑을 못 채우는디 수갑을 채워 놓은 거여. 긍께 수갑 차고 인자 막 벨을 딩동딩동 거려. 아 왜 그러시냐고 하니까, 얼굴을 확인해야 된다 이것이여. 그러면서 나보고 나와 보라고, 나는 그 사람 얼굴 꼴도 보기 싫은디 나와 보라는 거여.

그래갖고 인자 나갔지. 나간께 그 남자가 잡혀갖고 요렇게 요렇게 깃 세우고, 깃 세우고 있는디, 요러면서 날 쳐다보는디, 그런 눈빛 있지, '나는 니한테 사과하러 왔는디 왜 너는 진짜 파출소에 신고를 해 부렀냐? 나 지금 속이 상해서 미처 불겄다.' 그런 눈빛을 막 나한테 짓는 거여. 그래서 내가 '그런께 뭐더러 만졌냐?' 그런 눈빛을 살짝궁 보여 줬제. (청중 손뼉 치면서 웃음)

그리고 이제 일 층에 내려갔어. 일 층에 내려가고, 그놈이 잡혀갖고 요러고 있고, 순경들은 옆에 딱 버티고 있고, 나는 멀리서 엄마 오기를 기다리고 있었제. 그런디 인자 동네 아줌마들 다 오고, 수위실, 경비실 다 왔어. 뭔 일인가 싶어갖고.

"음메, 저 집 딸이 참 좋게 봤는디 왜 그런다냐?"

동네 아줌마들, 말 많은 아줌마들 다 나왔어.

엄마가 그날 일요일 날 교회에 갔다 오시면서 저 멀리서 은혜로운 표정을 지으면서, 찬양 드리면서, 교회 반지는 보통 반지 안 끼고 요따만 한 거 엄청 큰 거 두꺼운 거 끼거든. 가락지 막 그런 거. 스카프 화려한 거 하시고 "음~ 음~" 찬양 부르고 오시는 거여.

근디 저기서 본께 내 딸이 어떤 남자랑 순경이랑 있는 거여.

엄마가 또 머리가 타닥 돌아가시거든. 그란께네 '음메, 저놈이구나.' 싶어갖고 막 달려오셔. 막 달려오시드만, 나한테 성경 가방을 던지시드만, 뺨을 '탁' 하고(뺨을 때리는 흉내를 내며) 때리든서, "이 썩을 놈의 새끼가 어서[3] 넘의 딸 다리를 훑어 버렸냐. 니가 오늘 나하고 한번 해 보자"면서, 거기서 막 사정없이 뚜드려 부리는 거여.

나 엄마가 그렇게 싸움 잘하는지 몰랐네. 갸는 또 수갑을 차고 있으니까, 손이 없으니까 방어를 못하고 계속 맞고만 있제, 요러고(수갑을 찬 듯 고개를 숙이고). 엄마는 인자 물 만나 부렀어. 사정없이 젊었을 때 혈기 나오는 거여. 사정없이 뚜드려 부리는 거여. 엄마가 긍께 경찰도 다 놀랬제.

"(조그마한 목소리로) 음메, 아줌마 참 교양 있게 봤드만."

아무래도 경찰들도 놀래서 위축돼갖고 이러고 있고, 동네 아줌마들도 "음메, 저 집이 상당히 교양 있는 집인디 어째 저러까. (청중 웃음) 악질이구만 악질." 그러면서 동네 아줌마들의 입방정이 시작되는 거여. "숭시럽그로[4] 음미." 그러면서 놀랜 거여.

갸는 파출소로 보내고, 나는 인자 집으로 오고.

---

3 어디서
4 보기에 흉하게

근디 며칠 뒤에 지났는디 엄마가 갑자기 앉어 보래. 하시는 말씀이 엄마가 갸를 때려도 분이 안 풀린다 이거여. 살을 뜯어 먹어도 내가 분이 안 풀리겄다고……. 엄마가 원래 말씀이 좀 과격하시거든.

그래서 그 집을 엄마가 쫓아갔다 이거여. 그 집을 쫓아갔는디 방 안이 시커매갖고 아주 씻도 않는가 애기들 냄새 풀풀 나갖고, 집이 심란하다 이거여. 세 명이 앉았는디, 똑같은 것이 둘이, 똑같은 것이 더 앉아 있는 거여. 긍께 세쌍둥이여. 그렇게 생긴 것이, 모자라게 생긴 것이. 긍께 엄마가 생각을 했다 이거여.

'어떤 놈 멱살을 잡아 부러야 정확히 그놈 멱살을 잡아 불까?'

인자 생각을 하시고 엄마가, 그래 제일 가에 있는 놈을 잡고 탁 때릴라고 하니 "아니에요. 아니에요. 전 아니에요." 이러면서 손으로 가리켰다 그거여. 즈그 형을.

"형이요 형."

긍께 엄마가 "니 놈." 이러면서 탁 때려 부렀다는 거여.

근디 엄마가 나중에 하시는 말씀이 "그것들은 콩가루 집안인 가 우애도 없는가, 즈그 형이 맞게 생겼는디 지를 때린다고 형 을 가리키면 쓰겄냐. 그 집은 콩가루 집안이다."

그러면서 엄마가 그 집 부모들이랑 다 만나가지고 앞으로 그 런 일이 있으므는, 심정이 상해 불고 앞으로는 내가 보통 이렇게 지나갈 일이 아니니까 바로 나 파출소 간다고 그러니까, 알았다고 그 집에서도 알았다고 그랬어.

그리고 나서 있는디 이제 며칠 지났어. 난 그렇게 끝난 줄 알았는디, 엄마가 가만있드만 그 교회 갈 때 반지를 막 닦으셔. 엄마가 반지 닦으실 때는 손에 끼시고 막 비춰 보고(팔을 뻗어 손에 낀 반지를 비춰 보는 듯), 빛에 비춰 보면서 "멋지지 않냐? 캬~" 항상 그러시거든.

아 근디 엄마가 가만있드만은 "미희야."

"응."

"내가 그놈을 그때 확 때리니 그놈이 울어 분께 코가 나와 분 거여. 여기에 (코 밑을 가리키며) 코가 이렇게 큰 놈이 요렇게 나와 분 거여. 엄마가 뺨을 탁 치니 반지에 코가 묻어 분 거여. 엄마가 얼마나 상당히 정갈시럽고 깨끗하냐. 근디 반지에 코가 묻었어도, 내가 그것을 불구하고 그놈의 자식을 뚜드려 부렀다. 너를 위해서! 엄마는 코 묻은 알반지만치로 너를 사랑한다. (청중 웃음) 궁께 너도 엄마의 마음을 받들어서 엄마를 사랑해야 된다."

"응."

그러믄서 그 말을 들었더니 가슴이 쩡하면서 코가 탁 맺히는 것이 엄마의 사랑을 더 느낄 수 있는 그런 일이 있었당께.

이상입니다. (청중 손뼉)

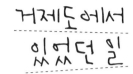
거제도에서
있었던 일

박현욱(부산 대진정보통신고등학교 2학년)

　지금 거제도에서 노가다하다가 왔거든요. 이틀, 하루 육만 원인데 십이만 원 떵가 놓고[1] 지금 요 대회하로 왔습니다. 그러니까 참, 상도 지금 같아선 타 갔으면 좋겠습니다.

　자, 그러면 지금 이야기할게요.

　"(한 손을 들며) 요서 거제도 모르시는 분 계십니까?"(청중: 알아요~ 알아요~)

　없네요. 거제도가 이리 유명해요. 근데 내가, 거제도에서 우리 동네가 특히 촌이거든요. 어떤 동네인지 설명해 줄게요.

　내가 부산 이야기대회 나갔는데 어짜다가 1등을 하게 됐어요.

1　떵가 놓고 : 떼어 놓고. 여기서는 '포기하고'의 뜻이다.

저 솔직히 초등학교 5학년, 아 6학년 졸업할 때 협동상 빼고 상 받아 본 적 없습니다. 인자 말하는데, 없습니다. 딱 상을 받았는데 전화했습니다, 아빠한테.

"아빠, 저 상 받았습니다. 1등 했습니다."

아빠, 아무렇지도 않은 듯 "어, 맞나? 잘했다." 했습니다.

저 그 다음 주 거제도 내려갔습니다. 마을 농협 옆에 플래카드 붙었습니다.

'박현규 씨 아늘 박현욱이 교육감 상 받다'

저는 참고로 교육감이 뭐 하는 사람인지도 모리고 어떤 위치의 사람인지도 모릅니다. 그러고 있었는데 또 우리 아버지 내 그렇게 했으면 저 아무 말도 안 해요. 우리 아빠, '아 잘했다.' 이런 말 하신 분이, 돼지를 세 마리를 잡아갖고 동네잔치를 벌렸답니다. (청중 웃음)

그런 동네에서 있었던 일, 제가 초등학교, 중학교 시절 있었던 사건 세 가지만 말할라고 하는데요.

일단 첫 번째 사건은 제가, 거제도는 말했다시피 엄청 촌이거든요. 뭐 실내 수영장 그런 거 꿈도 못 꾸거든요. 그래 있다가 우리 친구들이랑 어디서 수영했냐면은 배 대 놓는 선착장 있잖아요. 거서 수영을 했어요. 거서 우리 친구하고 자전거를, 또 수영 갈라 캐도 자전거를 타고 삼십 분을 가야 돼요.

여덟 시에 일어나갖고 동네 친구 한 명 태우고, 자전거를 타고 삼십 분을 가서 고개를 막 넘어갔어요. 도착해서 그 동네 친구들 만나서 선착장에 수영을 했습니다. 그런데 거제도 아-들 수영을 또 진짜 잘하거든요. 진짜 거짓말 조금 섞어갖고 수영하면서 안에서, 물에서 밥 묵고 물에서 물 묵고 그라거든요.

그래갖고 수영을 했는데 어떻게 했냐면은, 수영을 여덟 시 반부터 오후 다섯 시 반, 아홉 시간을 수영했어요, 아아들이. 점심도 안 묵고 솔직히 좀 피곤할 만하죠.

그래갖고 친구 집에 가서 물을 먹고 다시 자전거를 타고 가기 시작했어요. 그때 딱 마침 해가 지는 시간이거든요. 해가 지니까 햇빛이 눈에 딱 비치는데 잠이 오더라고요. 솔직히 말해서, 자전거를 몰고 친구를 뒤에 태워가지고 내가 졸았어요. 한 번 꾸벅하니까 자전거 휘청 이라대요.

그러니까 친구가 뒤에서, "아이 새끼야, 장난하지 마라." 그라대요. "알았다 알았다." 이랬는데, 그라다가 또 한 번은 엄청나게 눈이 씨게 감겼어요. 몬 뜨것데요. 정신을 잃었어요. 정신을 잃었는데, 내가 정신을 잃을 때 들린, 간절하게 들린 두 마디가 있었거든요. 친구가 뒤에서 "(급한 목소리로) 현욱이, 현욱이." 막 이라대요.

눈을 떴는데 우찌 옆에서 친구랑 내랑 갯바위에, 3미터 높이

갯바위에 밑에 떨어지갖고 이라고 뿍 뻗어 있데요. (청중: 아~) 내가 솔직히 막 긁히갖고 피도 나고 아팠어요. 나이도 어린께 울고 싶데요. 울라꼬 딱 봤는데, 옆에 보니까 친구가 쌍코피를 흘리고 있어요. 어쩔 수 없잖아요. 딱 가까이 가 보니까 진짜 심했는데, 피가 너무 심해갖고 덩어리가 져갖고 막 나오데요. (청중: 아~) 저 얼굴이 이래도, 참 그때 마음은 참 순수했어요. 피가 나오니까 무섭더라고요.

아, 그런데 "어이 괜찮나?" 이라니까, 거 또 뭐 물이 있습니까 뭣이 있습니까. 일단은 아아를 바다로 데리가갖고 바닷물로 씻깄어요. 아아가 바닷물이 소금인께 상처에 소금이 들어가 있으니까, 생각해 보세요 얼마나 따갑겠어요? 따갑다고 우는데, 나는 뭐 할 기 있나. 그래 일단 있어 봐라 하고, 일단 피나는 거 뭘로 닦고 막아야 되잖아요.

딱 봤는데 바다에 미역이 요렇게 왔다 갔다 하고 있데요(손으로 미역이 바닷물에 흔들리는 듯이). 저 바다 들어갔어요. 미역 뗐거든요. 미역으로 아아 얼굴 닦았어요. 그라더만 아아 가만있더마는 얼굴 닦데요. 가만있었는데 그 아아 닦아 주고 미역을 똘똘 말아갖고 코를 밀었는데, 아니 미역이 어떻냐면, 바닷가 쪽에 사시는 분은 알 텐데, 미역은 이상한 액체가 나와갖고 미끄러워갖고 잘 빠지거든요. 아아가 숨만 쉬면 수욱 나오고 숨만 쉬면 수욱 나오고 이라데요(미역을 말아 코에 넣었는데 숨 쉴 때마다 나오는 흉내를 내며). 내가 그래갖고 안 되겠다 싶어서 또 바닷가 주위를 딱 돌아봤는데, 그기 있더라고, 파래가. 밑에 가만이라고(파래가 바닷물에 흔들리듯이) 있더라고. 파래를 뜯어서 친구 코를 막았거든요. 저, 그 뒤로 그 친구하고 연락이 안 됩니다. (청중 웃음)

그러고 두 번째 이야기.

제가 초등학교, 지금 제 이 키하고 덩치가 딱 초등학교 6학년 때 키하고 덩치거든요. 솔직히 6학년이 이 정도면 덩치 엄청 크잖아요. 그래서 제가 학교에서 좀 동생들한테도 '와, 무서운 형님이다.' 이렇게 돼 있었고, 항상 보면 화장실에도 맨날 혼자 가고 늦게 갔어요.

소풍 가는 날 됐거든요. 화장실, 내 그때 또 우리 초등학교 때 보면 힙합 바지 많이 입었잖아요. 그 배드 보이. 내 그것도 튀볼라고 백바지를 한 개 샀어요. 딱 입고 혁대 이까지(무릎을 가리키며) 딱 내리고 그라고 딱 있는데 오줌을 싸러 갔어요, 인자. 화장실에서, 소풍 갈라고 혼자서 오줌을 싸고 있는데, 여자 화장실 옆에 화장실이 푸세식이었거든요. 똥 푸는 거. 진짜로.

그라고 있는데, 이렇게 있는데, "살려 주세요. 살려 주세요." 막 이라대요. 또 정의감에 불이 타서 여자 화장실을, '빵' 문을

차고 들어갔는데, 문을 여는데 문이 잠기 있데요. 그런데 그런
거 있잖아요. 영화 보면 문 잠기 있는데 보면, 발로 차면 빵 차
면(발로 문을 차는 흉내를 내며) 열리잖아요. 그기 또 그리 함 해
보고 싶데요. 그래갖고 문을 빵 찼는데, 열었는데, 저 바로 심장
마비 걸릴 뻔했습니다.

여자아아가 화장실에서, 이렇게 빠져갖고 팔만 딱 걸리갖고
(화장실에 빠져 양 팔꿈치로 겨우 걸치고 있는 듯이) "오빠야, 살리
수세요." 막 이라대요. (청중 손뼉 치면서 웃음) 저, 일단 살려 줘
야 되잖아요. 그래갖고 여자아아 손을 잡고 팍- 끌어올렸어요.
끌어올렸는데, 그 여자아아 몸에 묻어 있던 배설물이 제 백바지
에 팍 그대로 튄 거에요. 저 진짜 그때 소풍 갈라고 엄마한테 쫄
라서 산 옷인데, 그 자리에 앉아서 바로 대성통곡을 했습니다.

그래갖고 소풍 갈라고, 그래도 소풍 가야 되잖아요, 우리 초
등학교 추리닝 입고 갔는데, 초등학교 추리닝이 자주색에 흰 줄
있고…….

어데로 갔냐면은 대구 우방타워랜드를 갔거든요. 대구 우방
타워랜드 갔는데, 그 '타가다' 아십니까? 이렇게 잡으면 막 튕가
는 거 있잖아요(몸이 튕기는 흉내를 내며). 그걸 탔는데, 제가 또
이 아구 힘이 좋아갖고 잡구 막 버팅기기 잘하거든요. 막 버티
는데, 그 디제이 하는 아저씨가, "오~ 추리닝 아저씨, 멋져요."

막이라대요. (청중 웃음) 아니, 내가 추리닝까지는 이해해요. 초등학교 6학년 때 아저씨가 뭡니까, 아저씨가. 와, 그때 참 그래 갖고 내가 또 두 번째 대성통곡을 했습니다.

그리고 세 번째 이야기는, 이건 부산대회 때 안 했고 어제 한 건데, 제가 중학교 때 보면 딴 아이들은 모르겠는데, 우리 학교는 보면 딱 밥 물 때 되면 전쟁이 일어나거든요. 좀 먼저 물라꼬 막 뛰거든요. 우리 또 중학교 때 촌이라서 많이 묵지도 못하고 그래갖고 그런 기 참 심했어요. 우리 학교 수가, 작게 학급이 적어갖고 삼백 명 약간 넘었거든요.

앉아 있는데, 4교시가 딱 되면, 제가 말해 드릴게요. 이십 분이 지나면 궁디 찍- 의자 빼는 소리가 나요. 십 분 지나면 몸이 다 이쪽으로 틀리거든요. 그라다가 종을 치고 바로 씨게 뛰거든요(의자를 빼서 몸을 돌리고 바로 뛰어나가는 것처럼 하며).

있었는데, 또 우리 학교에 보면, 거제도 단거리 일등 하는 아아가 있거든요. 백 미리, 백 미터. 글마²가 딱 내가 문 앞에 있었는데, 저 솔직히 달리기 잘 몬합니다. 저도 문 열고 뛰는데, 문 여는 순간 옆에 쌩 나가데요 뭣이. 저도 따라 뛰었어요.

"마, 그 안 서나?"

---

2 그 아이. 경상도에서는 '이놈아'를 줄여 '인마', '마'라고 하기도 한다.

이라니까, 글마가 진짜 잘 뛰는데, 우리 학교가 작아 놓으니까 계단이 이렇게 안 꼬여 있고 일자로 그대로 쫙 길게 내려가 있었거든요. 글마가 막 뛰더마는, 계단에서 진짜 통 튕기더만, 달달달달달달 이리(몸이 계단을 타고 내려가듯) 내려가데요. 톡 쓰러지데요. 저 놀래갖고, 솔직히 웃겼어요 그게. 너무 웃겨갖고 "아, 새-끼야." 이라면서 막 웃었어요. 있었는데 글마가 안 일나데요.

"일나라 일나라." 이라는데 안 일나데요.

"일나라, 안 일나나?"

등을 발가[3] 찼어요. (청중 : 놀라며 아~) 살살. 살~ 딱 찼는데, 아아가 택 돌아보는데, 게거품을 물고 있데요. 저는 솔직히 게거품 그거, 아아가 구불러서 그리 된 거 생각 안 하고 엄마가 한 말이 생각났어요.

"현욱아, 니는 주먹에 살이 낀께 사람 절대 때리믄 안 된다."

이라대요. (청중 웃음) 아니 나는, '아, 엄마가 주먹에 살 낐댔지 발에 살 낐단 말 안 했는데.' 이라면서 괜찮다, 괜찮다 이랬거든요. 그라니까 좀 있은께나, 막 선생님들 뛰 내려오데요.

"뭔 일이고, 뭔 일이고?" 이라대요.

---

3 발로

저는 아아가 계단에서 구불러진 거 그때 생각도 못했어요.

"선생님, 제가 등을 쳤습니다." (청중 손뼉 치면서 웃음)

저, 저 그때 폭력으로 징계받았습니다.

거제도에서 참 재미있는 일도 많고 이랬는데, 저 솔직히 여기 올 때 어제도 말했지만서도 뭐 욕심 한 개도 안 내고 왔거든요. 그냥 거제도에서 노가다 하다가 음 인자 몸 좀 쉬자 이래갖고 왔는데, 이렇게 왔으니까 서로 다 어울려서 재미있게 이야기대회 하고 놀다가, 다음에도 한번 다 만났으면 좋겠습니다.

감사합니다. (청중: 와~ 하며 손뼉)

여 러분, 고등학생들의 이야기는 어땠나요? 중학생 이야기
만큼 재미있으면서 중학생과는 또 다른 재미를 주었지
요? 헬스를 하다 이가 부러졌는데도 부모님께 말씀드릴 수가
없어 혼자 사포로 이를 가는 고통을 겪은 〈중독 예찬〉, 동생을
위해 먹기 싫은 짜장면을 잇달아 먹고 위로는 토하면서 아래로
는 설사까지 하게 된 〈뱉을까 쌀까〉, 배고파서 주방에 들어갔다
돌로 된 전골냄비에 얼굴을 맞아 복시가 된 〈전골냄비 이야기〉,
어릴 때 거제도에서 자라면서 뜻하지 않게 당한 봉변과 오해를
다룬 〈거제도에서 있었던 일〉. 이야기에 빠져 이야기를 들을 때
에는 재미있기만 했는데, 찬찬히 생각해 보면 속상하고 아팠던
이야기이고 아픔을 겪으면서 나에 대해, 가족에 대해 생각하고
깨달은 이야기입니다.

가족 이야기 세 편 역시 우습기도 하고 감동이 있기도 했을
테지요. 〈우윳빛 인생〉의 할머니, 〈아버지〉의 아버지, 〈코 묻은
알반지〉의 엄마는 조금은 특별하신 것 같기도 합니다. 〈우윳빛
인생〉의 할머니는 젖소를 기르면서 부모님 대신 나를 길러 주
셨고, 〈아버지〉의 아버지는 긴 머리에 파마를 하고 오토바이를

타고 다니시는 진짜 터프하신 분입니다. 게다가 〈코 묻은 알반지〉의 어머니는 알반지와 스카프로 남들 앞에서 철저히 이미지 관리를 하십니다.

하지만 이 분들이 우리네 할머니나 아버지, 어머니와 다른 특별하신 분들일까요? 할머니는 초등학생 3학년밖에 안 된 손녀에게 밤을 새워 소를 지키라 시키시지만 4B 연필로 눌러 써서 손녀에게 사랑을 표현하시고, 아버지는 사다 놓은 한약을 먹지 않는다고 파리채로 딸을 때리시지만 딸을 사랑하는 마음은 특별하십니다. 어머니는 그토록 좋아하는 알반지에 코가 묻을지언정 딸을 괴롭힌 놈을 두드려 패고 맙니다. 여러분도 가끔 우리 부모님은 왜 이러시나, 정말 나를 사랑하기는 하시나 이런 생각이 불쑥불쑥 들 때도 있을 겁니다. 하지만 가족을 생각하는 속 깊은 마음은 우리 부모님이라고 해서 다르지 않을 것입니다.

가족이긴 하지만 가족 모두가 똑같지는 않고, 각자 다른 자기만의 특징 하나씩은 있어 그것 때문에 늘 티격태격하는 게 가족인 모양입니다. 처음에는 작게 시작해서 차츰 쌓이고 쌓여 마음속에 불만이 생기고, 언젠가는 그것이 터져 한바탕 울고불고 소동을 겪은 뒤에야 우리는 아주 조금 가족을 이해하게 됩니다. 그런 일이 언제였냐는 듯이 곧 이야기하고 웃고 즐기다가도 또 어느 날 갑자기 싸우고 후회하는, 미워할 수만도 사랑할 수만도 없는 가족 사이의 일들을 앞의 이야기들은 잘 보여 주었습니다.

평범한 것 같지만 특별한 이야기, 특별한 것 같지만 누구나 겪는 이야기를 더욱 재미있게 이야기하는 것도 한층 세련되었습니다. 〈중독 예찬〉에서는 헬스를 좋아해서 야간 자율학습을 마치고 바로 뛰어간 일, 시험 전날까지 어떤 핑계를 대서라도 헬스를 했던 일을 통해 헬스를 얼마나 좋아하는지 듣는 이로부터 공감을 얻은 뒤, 헬스 기구가 떨어져 기절하고 이가 부러진 사건을 이야기하였습니다. 〈뱉을까 쌀까〉 역시 토요일 점심으로 짜장면을 먹은 뒤 부모님의 맞벌이로 다시 짜장면을 먹은 사정을 차례로 보여 주면서 차츰 난감한 상황에 이르고, 마침내 병원까지 가서 진료를 받은 일을 이야기했습니다. 특히 이 이야기에서는 병원에 가서 바지와 팬티를 벗게 된 상황과 예쁜 간호사 누나 앞에서 다시 한 번 바지와 팬티를 벗게 된 이야기가 나오면서 마지막까지도 긴장을 놓치지 않았습니다. 묘사가 탁월

190

해서 재미있게만 진행된 〈전골냄비 이야기〉도 마지막에 가서야 복시가 되었다는 이야기를 드러내면서 아픔을 견디고 새롭게 시작하는 조혜연 학생의 밝은 모습을 더욱 인상 깊게 볼 수 있었습니다.

세 이야기와는 달리 〈우윳빛 인생〉, 〈아버지〉, 〈거제도에서 있었던 일〉은 말하고자 하는 주제에 맞춰 짧은 이야기를 하나의 이야기로 이어 들려주었습니다. 주로 세 가지 정도의 짧은 이야기를 붙여 하나의 긴 이야기를 만들었는데, 첫 번째 짧은 이야기는 일이 일어나게 된 배경과 처음의 상황을, 두 번째와 세 번째 짧은 이야기는 갈등을 통해 주제를 잘 보여 줄 수 있는 사건을 골랐습니다. 〈우윳빛 인생〉에서는 마지막에 당시 유행하던 드라마 〈장밋빛 인생〉에 빗대어 있는 힘을 다해 자신을 키워 준 할머니의 인생을 마무리 지었고, 〈아버지〉에서는 딸을 위하시지만 다소 거친 방식으로 딸을 사랑하시는 아버지와의 소소한 갈등을 통해 아버지에 대한 사랑을 두드러지게 드러내었습니다. 〈거제도에서 있었던 일〉은 오해의 연속이지만 특히 마지막에 친구가 실수로 계단에서 구른 사건에 자신이 연루되어 징계까지 받은 일을 배치함으로써 더욱 어릴 적 추억이 돋아나게 하였습니다.

중학생 이야기와 마찬가지로 이야기꾼들의 이야기에는 실감나는 대화와 탁월한 장면 묘사, 자기 지역만의 사투리가 빠질 수 없습니다. 〈우윳빛 인생〉에서 소꼬리에 맞아 피똥칠갑이 된 사연은 물론 〈아버지〉에서 억수로 커서 반쯤 누워서 타는 일명 차인표 오토바이와 파리채에 뺨을 맞은 뒤 파리채에 끼어 있던 파리를 묘사하는 장면, 〈코 묻은 알반지〉에서 엘리베이터를 탈 때부터 있었던 쾌깐한 머슴애 이야기와 〈거제도에서 있었던 일〉의 미역이 코에서 숨만 쉬면 수욱 나오고 숨만 쉬면 수욱 나오는 장면은 마치 우리를 그 자리에 있는 듯 이끕니다. 〈아버지〉에서 있었던 "효주야, 약 무라." "어서 무라." "어서 쳐무라."라는 세 마디의 대사는 차츰 높아져 가는 아버지와의 긴장 관계를 최고로 나타낸 표현이며, 〈뱉을까 쌀까〉에 있었던 "화장실을 가려고 일어나는데 갑자기 트림이 나오면서 정로환 냄새가 막 나는 겨. 막 역겹잖여, 염소 똥 냄새. 그래서 또 구역질 나서 올라오는 겨." 같은 표현은 중학생 이야기에서는 없었던 전형적인 충청도 사투리입니다. 이야기하는 사람이 흥분하여 빠르게 이야기하는 경상도 사투리와는 달리 적당히 느릿느릿하게, 웃긴 이야기를 본인은 웃지도 않은 채 조근조근 펼쳤습니다.

고등학생 이야기에서는 묘사와 더불어 뛰어난 비유와 재치 있는 표현도 한몫 했습니다. 〈중독 예찬〉에서는 사포로 이를 가는 고통을 은박지를 씹을 때 온몸이 찌릿찌릿한 데 비유하여 청중들에게 그 느낌이 고스란히 전달되게 하였고, 〈전골냄비 이야기〉에서는 병원의 영양사 언니에게 "오늘 국 환상적이었어요. 오징어볶음에서 바다를 느꼈어요."라고 말합니다. 헬스를 끊지 못하고 계속하는 자신에게 '운동하다 죽어서 관 뚜껑 닫히는 소리를 들어야 운동을 끊겠구나.'라며 한심해 하고, 바지랑 팬티를 벗고 엎드려 있는 자신에게 의사 선생님이 "학생, 힘 빼요."가 아니라 "학생, 힘내요."라고 말해 주길 바랍니다. 배가 너무 아파서 아빠에게 말씀드렸더니 아빠가 하신 말씀은 '그래도 가족인데. 도대체 이 가족에게 있어서 나란 존재는 뭔가?' 다시 한 번 내 존재에 대해 생각하게 만들었고, 할머니가 글자를 잘 모르시지만 4B 연필로 꾹꾹 눌러쓰신 '슨경아! 나는 니를 젖소보다도 사랑한다.'와 수술 동의서를 쓰고 간이침대에서 주무시는 엄마에게 미안하다고 하자 "니 대신 다 아파 주지 못해서 엄마가 더 미안하다."라고 말하는 장면은 우리에게 눈물이 찔끔 나도록 합니다.

어떻습니까? 중학생 이야기는 중학생 이야기대로, 고등학생 이야기는 고등학생 이야기대로 여러분께 즐거움과 감동을 주었지요? 마지막으로, 혹시 눈치채셨나요? 중학생 때 재미있고 실감나게 이야기를 들려주고 고등학생이 되어 다시 나타난 학생이 있지요? 바로 〈외갓집 개 튼튼이〉로 할머니 못지않은 대구 사투리로 튼튼이와의 추억을 들려준 조혜연 학생이랍니다. 조혜연 학생은 고등학생이 되어 〈전골냄비 이야기〉를 들고 다시 전국이야기대회에 나와 우리를 재미있고 가슴 찡한 이야기의 세계로 데려다 주었습니다. 이밖에도 중학생 때 〈삭은 내 얼굴〉을 들려주었던 김지백 학생과 〈정신없는 도깨비 이야기〉의 김해정 학생, 뒤에서 옛이야기로 다시 나타나는 이하연 학생 등 뛰어난 입담을 지닌 이야기꾼들이 전국 곳곳에서 이야기대회에 여러 번 나와 이야기 실력을 마음껏 펼쳤답니다.

이 책을 읽는 여러분도 특별한 이야기가 아니라 자기만의 이야기, 살아가다 느끼는 가슴 따뜻한 이야기로 전국이야기대회에 오셔서 이야기꽃을 활짝 피워 보시길 바랍니다.

2

옛이야기

이하연(광주 경신여자고등학교 1학년)

　　안녕하셔. (청중: 안녕하셔.) 감사(손을 들어 인사하며). 나는 저
기 전라도 광주서 두 시간 십이 분이나 차 타고 여기까지 달려
온 이하연이라 하여. 내가 1학년이라서 여기 이 언니 오빠들한
테 반말 좀 이야기할 때 할랑께 이해 좀 해 주시고, 이야기 시작
하겠응께 잘 들어 보셔잉.

　　옛날 옛적에 이야기 듣기를 겁나게 좋아하는 아이가 한 명이
살고 있었는디, 아 그놈은 자나 깨나 이야기 듣는 것이 일이여
일. 그런디 이놈이 이야기판이 딱 벌어졌다 하면 거기 찾아가
지고 이야기 듣고 저기 가서 이야기 듣고 막 이러면서 이야기란

이야기는 지가 다 듣는 거지.

근데 딱 이놈은 이야기를 듣기만 좋아라 했제 남한테 들려주는 법은 없는 거여. 그래갖고 이야기판을 딱 가. 그래갖고 지가 갖고 다니는 보자기 하나가 있거든. 여기 딱 펼쳐 놓고(보자기를 펼치는 시늉을 하며) 이야기 끝날 때까지 펼쳐 놓는 거여. 그래갖고 펼쳐 놓고 이야기 다 끝나면 꽁꽁 싸매갖고 묶어갖고 지 허리춤에 달고 당기는 거여. 이놈이 이제 이야기가 몇 년 동안 들어 온께 주머니가 꼭 찰 거 아녀, 그제? 그 꼭 찬 이 주머니를 허리춤에 몇 년 동안이나 달고 다니 분께, 이 이야기가 얼마나 안에서 갑갑하겠어? 그체? 대답 안 하믄 섭섭한디. (청중 웃음) 얼마나 갑갑하겠어? 숨도 크게 못 쉬어 불고 오도 가도 못하고 그 좁아터진 곳서 그렇게 가만히 있은께, 오래 묵어 분께. 으메 어째야쓰까, 흐. 그만 이야기들이 귀신이 돼 분 거여.

그래갖고 이야기들이 원래 옛날부터 이야기가 오래 묵으믄 귀신이 된다 그런 말이 있었거든. 안 들어 봤지, 너네는? (청중: 들어 봤어.) 들어 봤어? (청중: 아, 안 들어 본 것 같네.) 광주에서만 이 얘기가 들었나 보다. 다 들리네.

그래갖고 무튼 이놈이 커갖고 총각이 돼갖고 장가를 가게 됐어. 장가를 초례 날을 딱 받아 놓고 혼인 준비가 한창인디, 아 하루는 이 총각 방에 머슴 놈이 함께 자게 됐단 말여. (청중: 으

198

~) 좋아하지 말어, 이상한 생각, 그냥 잠만 잔 거야, 잠만. 근데 잠을 딱 자고 있는데 한밤중에 갑자기 어디서 두런두런 하는 말소리가 들리는 거여. 그래갖고 암만 뭐가 이리 떠드나 하고 딱 본께, 허리춤 이야기가 막 말을 하고 있는 거여. 그 귀신들끼리 하는 말이제.

아 그것이, 아 들어 본께, "(억울한 목소리로) 이놈의 원수를 어찌 이리 갚을꼬?" 한 놈이 이러니께, 딴 놈이 "(굳은 목소리로) 아무 날 이놈이 장가를 간다 한께 그때 가서 우리처럼 귀신을 맹글어 뿌자." 이러는 거여. 그때부터 딴 놈들도 한마디 하기 시작하는데, "나는 이놈의 초행길에 먹음직스런 배가 돼갖고 딱 달려 있다가 이놈이 지나갈 때 따 먹으면 즉시 뒤지게 하리라." 또 딴 놈이 "또 이제 나는 이놈이 배를 안 따 먹고 그냥 지나치면 옹달샘이 돼갖고, 이놈이 떠 마시면 뒤지게 하리라." 이러는 거여.

요러니께 "나는 이놈이 샘물도 안 떠먹고 그냥 지나치면 행례청에 바늘방석이 돼가지고 바늘방석에 찔려 뒤지게 하리라." 요러는 거야.'

머슴이 들어 본께 이게 보통 큰일이 아니거든. 아 이게 지금 이걸 가만뒀다가는 자기 주인이 응, 초례도 못 치르고 뒤지게 생겼은께. 큰일이제, 큰일 아녀? (청중: 큰일이제.) 큰일이제, 그렇제 좋았어. 지금 이런 반응 계속 쭉쭉쭉 이어 가야 돼.

앞으로 장가가는 날이 됐어. 머슴 놈이 아주 데꼬 가 달라고 아주 눈물 작전을 펼치면서 아주 바짓가랑이를 잡고 "나 좀 데꼬 가라고, 데꼬 가라고." 사정 사정을 하는 거야. 신랑이 좀 싸가지가 없어. "니까짓 게 뭐 안다고 따라와! 따라올 것 없다, 이놈아." 안 데꼬 갈라 한디, 그 머슴은 알고 있잖아, 신랑은 모른께 안 데꼬 갈라고 한 거여. 그래갖고 "야, 이놈아." 이러면서, 신랑한테. 그래갖고 아…… (이야기가 잘 떠오르지 않아 답답해하자, 청중 웃음) 너네가 나와 봐. 내 기분 알 거야.

결국 신랑이 "아이 진짜 내가, 이 징한 놈아." 그러면서, "그람 니가 말고삐라도 잡어라." 하면서 결국 데꼬 가.

그래갖고 결국 잘 데꼬 가고 있는디, 길에 허벌나게 크고 겁나 먹음직스럽게 생긴 배가 딱 달려 있는디 아 신랑 군침이 돌아 안 돌아? (청중: 돌아~) 돌제? 아야, 그래갖고 배 하나 따 와 봐라 하는디, 아 이 머슴 놈은 들은 척 만 척이여.

"뭔 촌티 나게 초행길에 말에서 내려갖고 저 먹자 것도 없는 거 따 먹는다고 저 난리라니까 싼티 나게요." 하면서 그냥 말고삐만 막 댕기는 거여. 그래갖고 신랑이 패씸해가지고, "저런 뭣 없이 따라와가지고 저 놈이 훼방만 놓는다"고 막 역정을 내는데 그래도 와서 따라가. 말고삐만 따라가는 거여. 그래갖고 무사히 벗어났어, 거기를.

가고 있는디, 옹달샘이 그렇게 맑고 시원해 보이고, 아이고 신랑 목 말라 안 말라? (청중: 말라~)

"아이 거시기하는구만, 말 좀 멈춰 봐라잉. 가가지고 물 한 번씩 떠먹고 가야겠다 쓰것다." 하는 거여.

또 머슴 놈은 들은 척 만 척이여. 그냥 막 뭔 싼티 나게 또 초행길에 말에서 내려갖고 물 처마시겠다고 저 난리라고 지랄한다고 막 뭐라 하는 거여. 그래갖고 아 거기서 또 무사히 벗어났어.

그래갖고 무사히 신부 집에 딱 도착을 했는디, 행례청에 딱 들어가 본께 다른 사람 눈에는 안 보여도 그 머슴 눈에는 바늘방석 밑에 하나 더 깔려 있는 게 보이거든. 위험하잖아. 그래갖고 딱 이제 신랑이 떨리는 마음으로 자 신부 앞에 섰어. 그래갖고 맞절해갖고 할라 하는디, (맞절하는 흉내를 내면서 말이 빨라지고 목소리가 커지며) 그때 머슴이 딱 방석을 들어갖고 옮겨갖고 대뜸 달려가 분 거여.

그래갖고 그때 무사히 그 바늘방석에 안 찔리기는 했는디 신랑은 이제 쪽팔리제. 앞에 저기 신부 서 있는디. 그래갖고 막 아주 낯이 붉으락푸르락 돼가지고, "아주 이놈을 이 자식을 내가 내 손으로 끝장을 내 줄 텐께 각오하고 있어라." 이러면서 그러는디, 지도 목숨에 위협을 느낀 거야.

그래갖고 "일이 이만저만 하게 돼야갖고 이랬노라고, 이야기 귀신이 너한테 앙심을 품고 해칠라고 그래서 내가 그렇게 구해 준 거라"고 그렇게 실토를 해 부렀어. 그래갖고 이제서 그제서야 알았지. 이제 신랑이 그래갖고 아 너무 고마워하면서 이제 친자식처럼 끔찍하게 위해 줬다고 그래. 그리고 또 이야기 주머니도 활짝 열어젖혀갖고 훨훨 날아다닐 수 있게 되었다여.

그리고 또, 여기 이렇게 이야기꾼들이 모였으니까 하는 말인디, 원래 이야기라고 하는 것은, (7분 시간이 다 됐다는 판을 드는 것을 보고) 오케이 알았어. 내가 이야기라고 하는 것은, 딱, 이야기라고 하는 것은…… 판을 들어갖고 까먹었잖아! (청중 웃음) 아, 아아, 이야기라고 하는 것은 원래 적어만 두고 남한테 전하지 않으면 그 사람 해친다고 하거든. 그리고 또 남한테 들은 이야기를 남한테 또 안 전해 주면 그거 또 사람이 귀신이 돼갖고 해친다 하거든.

그러니까 꼭 오늘 나한테 들은 이야기도 그라고, 이제 앞으로 들을 이야기도 다 할머니고 엄마고 아빠고 친구고 다 전해 줘가지고, 우리 옛날이야기가 좀 이제 많이 안 들으려고 하잖아, 그러니까 이런 대회가 있다는 걸 널리 알려 주고, 이야기대회도 많이 알려 주면서 옛날이야기도 더 활성화시키는 우리들이 됐으면 좋겠어. (청중 손뼉)

자, 내년에 보게!

생거 진천
사거 용인

김종진(충북 진천고등학교 2학년)

안녕하세요. 저는 충북 진천에서 온 김종진입니다. 반갑습니다. 이야기에 앞서서 말 좀 편하게 해도 될까요? (청중: 네~)

그려 나는 충북 진천에 대한 이야기를 준비해 왔는디, 충북 진천에는 전설이 수없이 많어. 그중에 하나 '생거 진천 사거 용인'에 대한 이야기를 너희들한테 얘기해 줄게. 잘 들어 봐.

옛날에 우리나라 땅에 '추천석'이라는 사람이 딱 두 명 살았는데, 한 사람 용인 땅에 살고, 한 사람은 진천 땅에 살았어. 근데 용인 땅에 사는 사람은 가진 것 많고 욕심 많고 인정머리만 없는 그런 사람이었고, 그와 반대로 진천에 사는 사람은 가진 것 없어도 남한테 베풀 줄 아는 그런 착한 사람이었어.

그런데 어느 날 진천에 사는 추천석이 이상한 소리에 잠을 깬 거여. 깼는디 마누라하고 애들이 울고 있는 겨. 그래갖고 추천석이 왜 우냐고 물어봤어. 그런데 물어도 듣는 척도 안 하고 그냥 "아이고~ 영감, 아이고~ 영감." 하고만 있는 거야.

근데 자세히 보니께 뭔가 허연 천으로 덮여 있어. 확 재껴 보니께 "아이크, 나 아니여?" 그때 갑자기 등 뒤가 싸~한 겨.

뒤를 돌아보니께 저승사자가 다짜고짜 저승으로 가자며 데려가려고 그려. 아 근디 지가 왜 죽어야 되냐고, 지 더 살아야 된다고, 아 멀쩡했던 내가 왜 죽어야 되냐고 막 따졌어. 근데 저승사자는 묻지도 말고 따지지도 말고 그냥 따라오래.

아 근디 이미 죽은 몸이니께 어떡혀, 따라가 봐야지. 따라가기로 했는디, 가는 길이 얼마나 험난하던지 산을 넘고 강을 막 건너가지고 저승에 딱 도착했는디, 이번엔 염라대왕이 "(근엄한 목소리로) 니가 용인에 사는 추천석이냐?" 하는 거여.

아 근디 지는 진천에 추천석이 아니여. 그래갖고 아니라고, 지는 진천에서 왔다고, 진천 추천석이라고 말을 했어. 이 말을 들은 염라대왕하고 저승사자가 깜짝 놀라는 거. 그리고선 저승사자가 동명이인이라 실수를 한 것 같다고 하는 거 아니여. 아 염라대왕이 이 말을 듣고 너무 화가 나가지고, 아니 어떻게 이런 실수를 하냐고, 너는 저승사자 할 자격도 없는 놈이라고 막 혼을 냈어. 그러니께 지금 저승사자가 실수를 해가지고 더 살 수 있는 사람을 죽여 버린 거 아니여.

추천석은 너무 억울해가지고 염라대왕한테, 마누라가 있다고, 그 마누라가 애를 뱄다고 살려 달라고 애원을 했어.

근디 염라대왕이 "너는 이미 죽어 땅에 묻혀 돌아갈 운이 없다. 허나 방법이 하나 있긴 하다만…… 저승사자가 용인의 추천석을 데리러 갈 때, 그의 몸 속에 들어가면 비록 진천의 추천석은 아니나 용인의 추천석으로 살 수 있다." 하는 거여. (청중: 아~)

아 기가 막히고 코가 막힐 일이지. 추천석도 기가 막혔단 말이여. 근디 어떡혀, 살려면 그렇게 할 수밖에 없었단 말이여.

"그럽시다." 하고 따라가는디 또 돌아가는 길이 험난한 거여. 다시 강을 건너고 산을 넘어가지고 어렵게 용인 땅에 도착했는디, 저승사자가 조금만 기다려 보래. 아 그리구서 사립문을 열지도 않고 스윽(사립문을 그냥 통과하는 흉내를 내며) 들어가 버리는 거여. 들어갔더니 용인 추천석이 자기 아내하고 말을 하고 있어. 너무나 행복하게 말을 하고 있는디, 아 어떡햐 혼을 빼야지. 저승사자가 '에잇' 하고 뺐는디, 말하다가 '하~' 하고 죽어 버리는 거여. (청중 웃음) 아 그리고선 통곡 소리가 들리네. 그러면서는 저승사자가 나오면서 들어가 보랴.

추천석은 들어왔는디 시체가 거기 있어. 너무 떨리는 마음으로 들어가서 눈을 떴는디, 아 마누라하고 애들하고 막 좋아하는 거여. 지 남편하고 아부지 살아났다고. 근디 지는 진천의 추천석 아니여? 그래갖고 "지는 당신의 남편이 아니어유." 하고 발버둥을 쳤지. (청중 웃음)

아 근데 이 아줌마는 끄떡도 않는 겨. 왜냐하면 죽었던 사람이 다시 살아났는디 헛소리 할 수 있는 거 아니여?

그런데 추천석은 이긴 아니다 싶어가지고 바닥을 '땅!' 치고 일어나서 충청북도 진천을 향해 뛰기 시작했어. 이때부터 시작되는 거여, 추격전이. 아 그래갖고 추천석은 자기 가족을 찾으려고 뛰었고, 용인 추천석 부인은 남편을 잡으려고 뛰었어. 그렇게 꼬박 사흘 밤낮을 쉬지도 않고 달리니께 진천 땅에 거의 다다른 겨.

다다랐는디 저기 허름한 사립문이 낯이 익어. 우리 거여. 아 더 빨리 뛰었더니, 더 빨리 뛰는 대로 허름한 사립문이 '둥둥둥' 하고 다가와. 그래갖고 사립문을 활짝 열고 들어왔더니, 진짜 마누라가 이러고 있는 거여.

"아이고 영감~ 아이고 영감~" 하고 울고 있어. 이 말을 들은 추천석이 울컥해가지고, "내가 돌아왔시오." 하고 백허그를 하는디, 좋아하기는커녕 귓방망이를 한 대 쎄려 버려. (청중 웃음)

그러더니 남편 잃은 것도 서러운디 희롱까지 당한다고, 희롱당하느니 차라리 자결을 하겠다고 은장도를 쓱 드는 거여. 그것을 본 추천석은 너무 놀래가지고 바닥에 앉아서 엉엉 울었어. 아 분명 귓방망이 땜에 눈물 요만큼은 나왔을 거여.

근디 이 우는 모습을 뒤따라갔던 용인의 추천석 부인이 보고 나서 "아이고 진짜인가 벼." 하고 또 풀썩 앉았어. 그런디 진천의 추천석은 이 상황을 그냥 그대로 마무리할 수 없었어. 그래 갖고 진짜 마누라의 손목을 딱 잡고, "사또한테 갈 거여." 하고 사또한테 왔단 말여. 그리고서 사또한테 모든 것을 말했어.

"사또 지가 말이에유, 이러쿵저러쿵 왔다가 갔다가 이러쿵저러쿵 이렇게 저렇게 요렇게 저렇게 됐는디유, 아 지는 어찌하면 좋아유?"

사또는 간단명료하게 답을 내리는 거여.

"몸은 용인의 몸이니께, 용인에서 사는 게 마땅치 않겠냐." 하는 거여. 사또도 이렇게 말하니께, 어쩔 수 없이 순응해야겠다 하고 용인에 딱 올라왔는디, 부자여!

지는 일생을 거지로 살아왔는디, 부자인께 내심 좋기도 한 거여. 그래갖고 이 많은 재물을 좋은 데다 써야겠다 해가지고, 진천에 어려운 사람들도 도와주고, 용인에 어려운 사람들도 도와주고, 진천 식구한테 쌀도 보내 주고 좋은 일을 막 했어. 그러다

보니께 기부 천사로 소문이 나 버린 거여.

그러다가 그의 나이 환갑이 되었는디, 마을 사람들이 좋은 일한 사람 환갑이라고 잔치를 열어 주네. 그래갖고 잔치 왔는디 마을 사람들은 죄다 와 있구, 진천 식구들도 와 있구, 너무 즐겁게 즐겼어, 잔치를.

아 근디 막바지에 다 일어나는디, 추천석이 주목을 시키는 겨. 갑자기 뭘 쓰기 시작햐. 자세히 보니께 '생거 진천 사거 용인', 즉 '살아서는 진천에서 살고, 죽어서는 용인에서 산다'라는 말이여. 사람들의 입에서 입으로 전해지면서 그것이 전설이 된 거여. 이야기의 끝이여. 고마워! (청중 손뼉)

비늘이 고개
이야기

김준(경남 진주고등학교 1학년)

너희들 '비늘이 고개' 들어 봤나? (청중: 아니~) 우리 진주 근처에 있는 건데, 문가학이라는 도인이 나랏님의 은 기둥을 얍실히 썰어서 팔았다 카는 고개라 안 카나. 물고기 비늘처럼 얍시리하게. 이제 내가 그 도인에 대해서 이야기해 줄 테니까 잘 들어 봐. (청중: 웅!)

그 도사가 젊었을 때, 여기 진주에서 저 산청 가는 길에 둔철산 그 꼭대기에 있는 용감사라는 절에서 공부를 하고 있었어. 근데 (작은 목소리로) 그 절에서는 정월 초하루만 되면 젊은 스님이 한 명씩 사라진다는 기라. 아니 흰 옷을 입은 요사스런 괴물이 나타나서 (갑자기 큰 목소리로) 잡아간다 카는 기라. 너희들 영화 〈괴물〉 봤제? (청중: 어!) 〈괴물〉에서 괴물이 꼬리로 현서를 잡아 낚아챈 것처럼. 아 그 말을 듣고 우리의 문 도인이 가만있을 수 있나? 절 사람들한테, (자신감 있고 웃긴 목소리로) "오늘 밤 절은 내 혼자 지킬 테니까 다 집에 가라." (청중 웃음) 이러는 거야. 혼자 절에 남아서…….

(작은 목소리로) 그리고 밤이 깊었어. 진짜 사방이 조용했어, 지금처럼. (갑자기 큰 목소리로) 근데 갑자기 누가 문고리를 잡고 막 흔드는 거야. 아 드디어 마침내 바야흐로 그 흰 옷을 입은 요물이 나타난 거야. 간 큰 문 도인이 문을 열어 줬어. 근데 촛불 밑에 앉혀 놓고 본께 요물이 와 그리 예쁘네. 린제이 요한, 스칼렛 요한슨, 김태희 뺨치는 기라. 고마 그 길로 넘어갈 뻔했다 아이가. 야 근데 주인공이 그렇게 쉽게 넘어가면 이야기가 재미가 없겠제.

그래 인제 정신을 차리고 둘이서 술을 마시기 시작했어. 그 도사가 산 술을 요물이 한 잔 두 잔 마시다 보니까 아 그냥 살짝 잠이 들어 버렸는 기라. (청중 웃음) 그 도사가 요물의 몸을 수색하기 시작했어. 남자애들은 이상한 생각 하지 마라. 그래가지고 뒤져서 나오는 게, 치마 밑에 달린 게 여우 꼬리야. 말로만 듣던 천년 묵은 불여시라. 그래가지고 이때다 싶어가지고 그 불여시의 손발을 꽁꽁 묶고 뺨을 막 때려 가면서 깨왔어.

인자 뒤늦게 잠에서 깬 그 멍청이 불여시가 살려 달라고 손이

발이 되게 싹싹 빌었어. 그런데 그 문 도인이 들어줄 리가 있나. 그러니까 이번에는 둔갑술 책을 준다고 꼬시는 기라. 아 그 고만 홀리갖고 그 불여시를 따라 나섰는 기라. 근데 길이 와 그리 꼬불꼬불 하겠노? 요새 같으면 내비게이션 딱 열고 가면 될 낀데.

그래가지고 동굴에 도착해서 보니까 진짜로 푸른색 책이 한 권 있는 기라. 약속대로 불여시를 풀어 주고 열심히 둔갑술을 익혔어. 근데 그 둔갑술이 너무 재밌는 기라. 몸을 바꾸는 비법인데 재미있을 수밖에 없지. 그래가지고 그 절 안에 자기 집 하녀가 자기 아내가 위독하다고 빨리 오라케도 고마 '즐~'이라고 뻗댔어. (청중 웃음)

근데 잠시 후에 그 하녀가 다시 오더니, 자기 엄마가 돌아가셨다는 기라. 그 말을 듣고 안 내려갈 수가 있었나, 그래 급히 내려갔어. 아 근데 집에 내려갔더니 자기 엄마가 "아이고, 내 새끼." 하면서 반기는 거야. 아뿔사 이번에는 그 문 도사가 불여시한테 속은 거라.

그래서 재빨리 그 동굴로 가 봤어. 근데 그 둔갑술의 가장 중요한 마지막 한 장, 옷고름을 없애는 비법이 적힌 마지막 한 장이 뜯겨 나가고 없는 기라. 애석하제? 딱 그 장만 마스터했으면, '더 로브 오브 드림 오아 해리포터!(The road of dream or Harry Potter)' (청중: 오~ 웃음) 딱 되는 건데, 그 장이 없어서 그기 안 되는 거라. 그래가지고 둔갑은 마음대로 되는데 옷고름이 어떻게 안 돼. 야 너희도 상상을 해 봐라. 학은 학인데, 옷고름을 한 학. (청중 웃음)

그리고 얼마가 흘렀어. 그 문 도사가 벼슬길에 올랐거든. 그때 그 둔갑하는 재미난 재주를 못 버리고, 이번에는 큰 장난을 치기로 한 거야. 임금이 잘 때, 궁중으로 들어가가지고, 임금의 뺨을 살살 달래가지고 깨워가지고, 목소리를 깔고, "어허 나는 옥황상제인데 지금 집을 짓고 있는 중이니 은 기둥을 가지고 가겠다."

성 안에 있는 은 기둥을 뽑아가지고 가지고 간 기라. 인자 성 안에서 난리가 난 거야. 야 옥황상제의 명이란다 어쩌겠네? 근데 또 한편으론 수상해. 옥황상제…… 말 그대로 신인데 뭐가 부족해서 사람들을 시키겠노? 그래가지고 임금은 그 성 안에서 가장 지혜롭기로 소문난 한 늙은 대신에게 이 사건의 진상을 밝힐 것을 요구했어.

그리고 며칠이 흘렀어. 그 문 도사는 다시 그 옷고름을 단 학으로 변해가지고 성 안에 잠입했어. 성 안의 동태를 살펴야 될 거 아냐? 성 안 사람들이 그걸 눈치챘느냐? 근데 꼬리가 길면 밟힌다 아이가. 걸리고 만 거라. 그 옷고름 때문에, 아 그 옷고름 때문에 그 임금과 늙은 대신이 "어? 옷고름을 단 학이다." 하고 보고 만 거야.

안 그래도 저번에 그 문 도사가, 옷고름 단 학으로 변한 문 도사가 은 기둥을 가지고 날라갈 때도 하늘로 곧장 안 날라가고, 여기 고향이 진주니까 진주 쪽, 남쪽으로 날아간 걸 보고, '어? 이상하다.' 했는데, 이번에도 옷고름을 단 학인 거라. 이건 분명 사람의 짓인 거라. 그래서 재빨리 구름사를 불렀어. 근데 하늘 높이 날아간 학이 어떻게 잡히겠나. 알아도 못 막는 축구 선수 베컴의 프리킥을. 알아도 못 치는 선동렬의 투구인 거라.

　그리고 또 며칠이 흘렀어. 인제 그 문 도사는 지칠 대로 지쳤지. 계속 군사들이 졸래졸래 따라오니까. 그래가지고 그 허허벌판, 아주 넓은 들판을 날고 있었는데, 저 앞에 나무가 한 그루 보여. 그래서 그 뒤에 잠시 쉬기로 했거든. 근데 잡히고 만 거야. 알고 보니까 그 나무가 늙은 대신이 나무로 둔갑을 한 거였어. (청중: 오~) 결국 둔갑술은 둔갑술이 잡은 거지. 뛰는 놈 위에 나는 놈 안 있나.

　그래가지고 그 문 도사는 사형을 당했대. 임금을 속였으니까 역적이잖아. 그리고 그 문가학이 살았던 집도 다 뽀사서 불태우고, 아 그것도 모지라서 그 문 도사가 살았던 집터에 못을 팠다 카드라. 지금도 그 집터에는 큰 못이 있는데, 가끔 그 문 도사의 혼령인 양 왜가리가 찾아들기도 한다더라.

　우리 한번 같이 가 보지 않을래? (청중 손뼉)

용머리 해안의
전설

양원실(제주 중문고등학교 1학년)

제주도 가 봤수광?[1] (청중: 예!) 제주도 가 봤시민 삼방산이란
데 가 봐실 건디, 가 본 사람 손 한번 들어 봅서. 오우 많네요. 이
제 나가 이제부터 고라 줄[2] 이야기는 삼방산 앞에 이신[3] 용머리
해안이란 덴디예, 삼방산 앞에 이신 용머리 해안은 해안 절경이
완전 완전 뛰어나불난 막 씨에프 촬영도 막 하는 그런 곳이라.
내가 예⋯⋯ (긴장한 듯 부끄러워하며 고개를 숙이자, 청중 격려하듯
우~ 하면서 손뼉치며 괜찮아, 괜찮아!) 잘 들어 봅서양.

---

1 봤습니까
2 고라 줄 : 말해 줄
3 있는

옛날에 중국 시황이라는 사램이 천하를 통일해신디, 너무 천하를 통일하는디 막 신경을 쏟아부난 이 사람이 막 몸이 막 아파 분 거라마씀.[4] 그렁가네 막 요양할 겸 쉴 겸 행거네[5] 상인으로 변장해 제주도에 막 내려와서. 내려와그네[6] '가까이 가 짝 제주도를 봐신디 진짜 제주도를 봔 거네. 야이가 뻭이 가 버린 거라마씀. 제주도가 오죽 이뻐마씀. 잉가네[7] (청중: 뭐라노?) 제주도가 가만히 서 있어도 다른 한쪽으로는 막 퍼러렁 바다가 보이고 다른 한쪽을 보면 우뚝 선 산이 보이고, 그카난 야이가 뻭이 가 븐 거라.

그렁가네 좀 제주도가 맘에 들어 쫌 몸이 좀 거의 나을 때까지 저쪽에 있으신디 야이가 어느 날 밤에 잠이 안 온 거라마씀. 잠이 안 와가지고 쫌 밤에 바다 쪽을 산책을 했주게. 산책을 해신디 어디선가 갑자기 뚱뚜둥뚱뚱 하는 가야금 소리가 막 들리는 거라. (청중 웃음) 그렁가네 야이가 궁금한 거 아니게. 그렁가네 그 가야금 소리가 들리는 데로 가간 가 보난 어떤 비바리[8]가 한 명이 가야금을 치고 이신 거라마씀. 그렁가네 야이가 소리

---

4 겁니다
5 해서
6 내려와서
7 이러니까
8 처녀, 아가씨

도 소리지마는 여-구서 내려보난 얼굴도 막 곱닥해. 그니까 야이가 한눈에 반해 분 거라. 가이신디,[9] 그냥 반해 부러. 아 야이가 어떤 사람인지 어디 사는지 아잉가네[10] 막 조사를 해서. 뒷조사를 막 허난 딱 해 보난 그 야이가 그 비바리네 집은 막 가난한 집인 거 아니. 그렁가네 그 시황이 막 맘이 도다져 부네.[11] 아 이걸 인제 어떡할 건고.

이제 해가지고, 가이네 집에 쌀이 심거다노민[12] 쌀 하나 갖다 놓고 반찬을 심거다노민 짐승도 한 마리 죽여다 그냥 갖다 놓고 또 땔냥[13]을 심거다 놓으민 지가 막 패나므네[14] 갖다 놓은 거라. 그만큼 짝사랑을 하고 있으신디, 가이네 동네에는 어느 산이 하나 있주게. 그 산에 갑자기 막 불이 와락와락 나 분 거라마씀. 그 나그네 그 산에는 용이 한 마리가 그 산을 지키고 있는디 자기가 지키는 산이 막 불이 나 부난 놀랬을 거 아니. 그 용이 그래 열 받아그네[15] 그 마을에 횡포를 부려서 어느 날은 밭에 불내

---

9 그 아이한테
10 아니까
11 도다져 부네 : 돋아져 버렸네. 새로워졌네
12 떨어지면
13 땔감
14 (장작을) 패서
15 열 받아그네 : 열 받아서

불고 어느 날은 사람들 기르는 가축을 다 죽여 불고 어느 날은 배부르게 막 거기 물 같은 거 다 야이가 마셔 분 거라마씀.

그런게 마을 사람들이 살기 힘들어져신디. 마을 사람들이 살기 힘들어지난 막 힘들 거 아닌. 야이네가 모다 회의를 했어. 회의를 해가지고 이걸 어떡할 건고 회의를 해 내린 결론이 그 마을에서 젤 이쁜 비바리를 하나 제물로 바치자 결론을 내리 해신디. 그 마을에선 젤 이쁜 비바리가 그 시황이 좋아하는 비바리 있지 안수광, 가이인 거라.

그렁가네 아이구 그래, 시황은 아이구야 어떡할 건고? 죽어불 건가 살 건가. 아잉가네 막 생각을 어떤 살릴 생각을 생각을 해신디. 내린 결론이 자기네 이녁네 나라에서 가장 튼튼한 칼이영[16] 불 막는 방패영 들러 가그넹[17] 그 용을 죽여 이 비바리를 살리자 그래 생각을 한 거라마씀. 그렁가네 딱 용한테 그 튼튼한 칼이영 불 막는 방패영 들러가그넹 용신디[18] 가서.

가신디 때마침 용이 자고 이신 거 아니. 자고 있어가지고 용한테 살금살금 가그네 꼬리를 그냥 싹뚝 잘라 부러마씀. 싹둑 자르난 용이 갑자기 놀래 자다 일어나 놀래그네 딱 꼬리를 봐신

16 칼이랑
17 들러 가그넹 : 들고 가서
18 용에게

디 꼬리가 짤려 이시난 그 아이가 놀라그네 시황한테는 불을 팡 팡 팡팡 내뿜그란마씸. 내뿜어가지고 시황한테난 불을 막는 방패가 있지 안수광. 그렁가네 불 막는 방패로 요리저리 피해 댕기난 용이 더 화가 난 거 아니니. 죽으라는 시황은 안 죽고 화나그네 불을 더 팡팡 내뿜어. 내뿜으신디 용이 불을 내뿜다 살짝 지친 거라마씸.

지쳐가지고 쪼금 쉬사 해신디 요 시황이 지친 그 용을 고마니 내비둘 아이가 아니라. 딱 자기가 쉬고 있는 틈을 타서 용 등에 칼을 팡 꽂은 거 아니. 팡 꽂으난 그 용은 깜짝 놀래그네 등에 폭 등에 칼 꽂으난 막 아플 거 아니. 아프니 바다로 뛰쳐나가그네 바다로 들어가제 하는 순간 피를 토하멍 돌로 야가 갑자기 굳어 분 거라마씸. 굳웅그네 굳은 돌이 용머리 해안에 있는 용머리돌이고마씸.

그래 나중에 시황이영 비바리영 어찌 되신지 궁금하지예? (청중 웃음) 예 어떤 일이 이시냐면 요인척에[19] 막 드라마 같았시미 둘이 막 알콩달콩 잘 살았건디 세상이 그런만 하우광? 그런만 안 하지. 그렁가네 또 시황은 이녁네 나라로 돌아갈 때가 돼 분 거라. 좋아한다 말 한마디 못 꼬라보고 돌아가는구나 싶으신디

19 요전에

218

비바리가 시황이 도와준 걸 아는지 마는지는 모르쿠다마는 그 비바리 가야금 소리가 마을 곳곳에 퍼졌들 햄수다.[20] 그렁가네 또 경해신지사[21] 모를지다마는 가끔 용머리 해안 앞에 지나가다 보민 가야금 소리가 좀 들리는 거 달망.[22]

아즈방들도 제주도에 와주민 제주도 특별자치도 서귀포시 안덕면에 있는 용머리 해안 해안, 한번 와가지고 한번 획 둘러보고 하 멋있다 하지 말고 시황이랑 그 비바리에 대한 절절한 사랑을 한번 느껴 보시고 돌아가셨으면 좋쿠다.

잘 들어 주나만 고맙수다. (청중 손뼉)

나도밤나무
이야기

김영규(전남 광주고등학교 2학년)

(말을 할 듯 말 듯 쭈뼛거리며) 안녕하세요. (마이크가 안 된다는
듯 두드리며) 저는, 저기 전남 광주서 완 김영규라고 해요. 제가
감기가 들어가지고 음성이 안 좋으니까 이해를 좀 해 주세요.
(청중 웃음)

제가 해 드릴 이야기는, 나도밤나무의 유래에 대해서 이야기
를 해 드릴라고 그래요. 나도밤나무라고 아시는지들 모르겠어
요. 아세요? (청중: 몰라요.) 한 명도 몰라요, 나도밤나무를? 도토
리를 저 우대[1] 지방에서는 나도밤나무라고 그래요. 제 고향이

---

1 위쪽

강원도 대환데, 대화에 나도밤나무 유래 얘기가 전해와가지고, 그 얘기를 이제 해 드릴라고 해요.

우리가 옛날이야기는 항상 똑같이 시작을 하죠. 옛날 옛날 한 옛날에 그러는데, 이 옛날 옛날 한 옛날에 강원도 봉평 백옥포라는 데 가서 두 내우[2]가 살고 있댔어요. 두 내우가 어찌 인물이 좋고 금실이 좋은지 이 마을 사람들이 말카[3] 부러워하는 아주 잉꼬부부로 소문이 났더래요. 각시는 비녀 쪽 꽂고 있으면 참말로 예쁘고 참해서 강원도의 김태희, 또 서방도 기래기가 찌달하고[4] 인물이 훤한 거이 강원도의 장동건 그랬어요. 근데 문제는 아까 그 달구새끼같이 두 내우가 애가 안 들어서요. 장동건이 (위를 가리키며) 여가 멀쩡했는디 (아래를 가리키며) 여가 말쩡치 않았어요. (청중 웃음) 그거이 큰 문제로 생각됐는데, 장동건이 그래도 무던히 똑똑한 양반이 돼나서 그 촌사람이 당시에 저 한양으로 공부를 하러 댕기댔어요. 참 똑똑한 양반이지.
그래가지고 어느 날은 과거를 추고[5] 오는데…… 이 우리가 다

문⁶ 쪽지 시험 한 장을 봐도 몸이 진이 빠져가지고 몸이 흐물흐물한데, 과거를 추고 오니 얼마나 되갔어요⁷. 아주 돼가지고 대화에 조거리라는 사거리가 있는데 거 가서 주막거리에 잠을 청했어요. 이제 주막거리에 항상 주모라고 술 따르는 여자가 하나씩 꼭 있어요. 근데 그 대화 주모는 나이가 사십이 남아 되도록 혼자 그래 살아요. 그래가지고 밤만 되면 날이면 날마다 외로움에 사무쳐서 홀로 그래 밤을 지새요. 근데 그 날도 그 날도 그저 너무 외로와가지고 그저 뭐야 거기에 가가지고 서네 혼자 죽을 치고 앉아 있는데 꾸벅꾸벅 졸다가 잠이 들었어요. 근데 잠이 들었는데 이 꿈에 큰 청룡 백룡이 천둥이 치듯 댐비다가 제 품으로 쏙 들어오는 거에요. 야 이거 뭐 너무 길몽인 거야, 생각 들기로.

'이 뭐 내가 이 꿈을 꾸고 애를 안 배면 국가적으로 손실이 나갔어.' 그래가지고 '안 되갔다 반드시 이 태몽을 꾸고 내가 애를 낳아야지 되갔는데 어떻게 해서 애를 배나? 남자가 없는데 이 어떡하나, 어떡하나.'

생각을 하다가 아까 장동건이 들어갔잖아요. 장동건이 오빠

---

6 다만. 여기서는 '다른 조건이나 상황과는 상관없이 단지'라는 뜻이다.
7 되겠어요. '되다'는 '힘에 벅차다'라는 뜻이다.

한테 가가지고 문짝을 끽 열고서네 "여차저차한데 어떻게 하루 만 안 되갔습니까?" 하니까 이 장동건 입장이 저가 명색이 장동 건인데 주름이 자글자글한 것이 내한테 댐벼들라고 하니, "아, 이런 몹쓸네!" 하고 설레 밖에 나가가지고 그날로 백옥포 저희 집으로 가서, 도망을 가 버렸어요.

근데 장동건이 저가 좀 아쉬웠나 봐요. 그래도 저이 각시가 그날따라 그리 예뻐 봬. 그래서 아까 그 얼레리꼴레리를 해가지 고 열 달 후에 떡두꺼비 같은 아들을 낳았어요. 그 아들이 참 인 물이 좋고, 나서부터 똑똑해. 그래가지고 애를 낳고 잘 자라는 데 그 아이가…….

장동건이 어느 날은 대화를 또 듣게 됐어요. 근데 이 대화 를 들렀는데 그 주모를 또 마주쳤어요. 주모가 장동건한테 마음 이 있댔어. 아무리 봐도. 그래 자꾸 따라댕기지. 주모가 장동건 한테 이제 인사를 하니 장동건이 '아 이거이 왜 들러붙나.' 하고 성가셔 할 거 아니에요.

주모가 "이군께서 낳으신 아들이 반드시 맨 뒤에 큰 위인이 될 끼래요." 하는 거에요.

아 그래 기분이 좋지 장동건이. 근데 그 주모가 조만간에 큰 화가 닥칠 텐데 이거를 못 이기면 아들이 죽는다고 해요.

그래 이 장동건이 깜짝 놀라가지고 "아 그러면 어떻게 해야

되갔소?" 하니 집에 가가지고 (청중을 향해) 누가 이래 코를 골아? (청중: 하하하하~)

어디까지 했어? 가가지고, 집에 가가지고 이제 밤을 천 그루를 심어 두면 이 화를 면할 수 있다 그래요.

그리니끼니 담박 달려가가지고 장동건이 강릉 처가에서 애를 낳았는데, 강릉 집 뒤에다 밤나무 천 그루를 그날로 구해가지고 서네 빽빽하게 심었어요. 그러니 참말 이 뭔 화가 닥치가, 닥칠래구 생전 인적이 없는 거린데 한 스님이 타박타박 걸어오는 거에요.

근데 스님이 꼭 생겨먹기를 저래(뒤에 있는 걸개그림의 인물을 가리키며) 생겨먹었어요. 스님이 아니라 형님이야, 형님. 그런 사람이 와가지고서네 장동건한테 "당신, 이 아들 내한테 시주 안하면 당신 집 말짱 떠내려갈 줄 알어." 그따구로 소리를 해요.

장동건이 이거 뭐 저 어떻게 낳은 아들인데 뺏기면 어쩌나 하고 긴장을 해가 있는데 아까 그 주모가 말해 준 밤 천 그루가 생각이 나서 "밤 천 그루 심은 공덕이 있는데 어찌 당신한테 아들을 주갔어?" 했어요.

그래 '이제 내가 우리 아들 구했다.' 하고 있는데, 이 스님이 또 대단한 양반이라. 그 밤 천 그루라고 한 거를 하나 일일이 헤어 보고 있어요. 그러고 자빠졌네. 하나, 둘, 서이, 너이 하면서.

224

그래가지고 이제 다 일곱 여덟 쭉 세가지고 구백 그루까지 하고 아흔 그루까지 하고 아홉 그루까지 했는데, 한 그루가 모잘라요. 아이, 한 그루가 썩어 버렸어. 그땐 농약이 없는 시절이야.

그래 저 야, 이거 이제 장동건이 생각하기로, '야 나 이거 이제 우리 아들 꼼짝없이 뺏기게 생겼구나!' 하니 육수가 뻐썩뻐썩 마르고 등때기에 땀이 쩔쩔 나고 아 이거 사람 죽겠어.

그런데 이 밤 숲 안에 다행히도 정의감에 불타는 도토리 한 마리가 있댔어요. 도토리가 장동건 구해 줄래고 정의의 이름으로 한마디 했어요. 뭐이라고 그랬을까? (청중: 나도 밤나무!)

어~ "나도밤나무, 나도밤나무." 그랬어요. 그래가지고 밤나무가 전부가 딱 맞아떨어지잖아요. 이 스님이 깜짝 놀래가지고 식겁해서네 호랑이로 변해가지고 대불령으로 쏙 숨어들더니 다시는 인간 마을로 내려오지 않았대요.

그리고 그 아이도 쑥쑥쑥쑥쑥쑥 잘 자라서 우리 조선을 이끄는 훌륭한 정승이 됐어요. 그 정승이 돼가지고 저를 구해 준 이 미물들이 얼마나 고마운지 호를 '밤 율' 자에 '골 곡' 자를 써서 '율곡'이라고 지었어요. (청중: 오~) 그래 그 아까 김태희 이름이 뭐일까? (청중: 신사임당) 아~ 신사임당이에요. 그래가지고 그 후로 우리 강원도에서 도토리를 '나도밤나무'라고 부르게 됐다는 얘기가 전해 오고 있어요. 이상입니다. (청중 손뼉)

구렁덩덩
신선비

하소영(대구 성서고등학교 1학년)

안녕하십니까? 저는 대구 성서고등학교 1학년 하소영입니다.
편의상 말을 놓고, 일단 고1이 제일 어리니까 여기서 재롱 한번
피워 보겠습니다. 박수 크게 쳐 주세요.

자, 애들아! 내가 지금부터 재미있는 옛날이야기 하나 해 줄
테니까 잘 들어 봐래이.

옛날에 한 아낙네가 아들을 낳았어. 근데 보통 아아가 태어
나면 어떻노? '응애 응애' 울고는, 마 내 태어났다고 신호를 보
내잖아. 근데 이 아아가 이상하게 신호를 안 보내데. 그래서 이
상하다 싶어가지고 엄마가 아아를 요래(한 손으로 아기를 받쳐 들

226

듯이 하며) 봤지.

근데 이 아아가 글쎄 사람이 아이라. 아, (한 발을 구르며) 구렁인 거라. 그래갖고 엄마가 놀래가 "엄매 이기 뭔 일이고?" 카면서 온 집안이 난리가 났어.

근데 이 아아를 버릴 수는 없잖아. 지 안데.[1] 그래가 부엌에 망태기를 탁 씌아 놓고 키우기로 했어.

그리고 옆집에는 세 딸이 살고 있었는데, 이 딸들이 얼매나 예쁜지 동네에서 '태희, 혜교, 지현'이라고 소문이 다 난 거라. 근데 하루는 이 세 딸이 옆집에 구렁이를 볼라고 놀러를 왔단 말이야.

그래 먼저 첫째 딸이 딱 와가 망태기를 탁 씌아 보니까 으매 징그러운 구렁이 한 마리가 있잖아. 그래서 "엄매 징그러운 거 쫌 봐라." 카면서 막대기를 들고 오른쪽 눈을 팍 찔러 뿌데.

근데 이번에는 둘째 딸이 오디마 "엄매 이 더러운 거 쫌 봐라." 카면서 이번에는 왼쪽 눈을 팍 찔러 뿌데.

아이고 둘이 자매 아니랄까 봐 똑같이 그래 못된 짓을 하고 있데. 근데 생각해 봐라. 벌써 악역이 둘이나 나왔잖아. 그럼 이제 착한 역이 나올 때가 됐단 말이야. 이 착한 역이 바로 셋째

---

1 지 안데 : 자기 아이인데

딸이었어.

셋째 딸은 마 눈이 아파갖고 질질 짜고 있는 구렁이한테 가가 옷고름 착 꺼내더만 "(간드러진 목소리로) 구렁덩덩 신선비야, 너의 진가를 몰라주니 이렇게 천대를 받는구나." 함서 눈물을 똑똑 닦아 주는데 그 모습에 고마 구렁이가 홀딱 반해 버린 기라.

그래서 그날부터 막 셋째 딸이랑 결혼시켜 달라고 오만 데서 난리가 났어. 근데 생각해 봐라. 아니 그렇게 이쁜 딸을 누가 구렁이한테 시집보내겠냐 말이야. 여기 잘생긴 카메라 오빠, 그 혹시 오빠야 같으면 전지현 같은 딸이 있는데 구렁이한테 시집보내겠어요? (카메라맨: 안 보냅니다.)

그래요. (청중 웃음) 이거 뭐 일반 사람들은 생각하면 좀 고민을 많이 해야 될 거란 말이에요. 그런데 일단은 결혼은 셋째 딸이 하는 거니까 셋째 딸 당사자의 의견을 물어봐야 될 거 아닙니까. 그래서 셋째 딸한테 물어는 봤죠.

"니는 결혼할 의사가 있니?"

이래 물으니까 셋째 딸이 "저는 어머니께서 허락만 해 주신다면 괜찮심더." 카면서 자기는 결혼하겠대. 아이 그럼 둘이 좋다카는데 어떡하겠어. 결혼시켜야지. 그래서 둘이 결혼을 했어.

그리고 드디어 대망의 첫날밤이 왔단 말이야. 무슨 밤이 왔다고? (청중: 첫날밤) 그래, 드디어 첫날밤이었어. 이 첫날밤이 중요해. 갑자기 신선비가 뜨거운 물을 막 갖다 달라 카데. 일단 시키니까 색시가 딱 뜨거운 물을 대령을 했지.

거서 신선비가 목욕을 막 하는데 허물을 착 벗데. 근데 요서와~ 우람한 청년이 탁 나타나는데, 인물이 요즘 대세 누고? 장동건, 현빈, 원빈 그냥 얼굴로 다 이기는 기라. 얼마나 잘생겼는지 알겠제? 그럼 완전 색시도 땡잡은 기라. 속으로는 '예스' 이라면서 완전 신났을 거란 말이야. 지금 막 둘이 같이 서 있으면 막 훈남 훈녀 커플인 거라. 완전 성격도 잘 맞아 천생연분으로 잘 살고 있었어.

근데 드디어 신선비가 과거를 보러 갈 때가 됐어. 근데 둘이 그래 좋아 못 사는데 보내고 싶겠냐 말이야.

"서방님 저는 못 보내겠습니더."

"색시, 나도 가기는 싫소. 하지만 이 일은 어쩔 수 없는 일이오."

하면서 딱 둘이서 길거리에서 애정 행각을 벌이는데, 아 그 길을 못 지나가겠는 거야. 그래 닭살을 떨리는데 우예 그 길을 지나가겠냐 말이야.

근데 갑자기 신선비가 복주머니 하나 탁 꺼내데. 하더만 하는 말이 "색시, 이 안에는 내 보물이 들어 있소. 이 보물을 잃어버리면 난 절대 돌아오지 못하오. 그러니 잘 간수해 주시오." 이렇게 얘기를 하는 거라.

색시가 "예, 알겠십니더. 이거 잘 보관해 두겠십니데이." 카면서 이렇게 하고 선비는 드디어 과거를 보러 가고 색시는 집에서 청소를 열심히 하고 있었지.

근데 하루는 아까 그 두 언니들이 놀러를 왔단 말이야. 근데 딱 보이까, 아 못 보던 복주머니를 하나 차고 있네.

그래서 "막내야, 일로 와 봐라. 그 뭐고? 일로 갖고 와 봐라." 카니까 색시가 이거 지켜야 될 임무가 있는 기라.

"언니야, 이거는 안 된다. 이거는 안 된다."

"막내야, 언니가 시키믄 시키는 대로 하지 뭔 말이 그래 많노? 빨리 갖고 와." 카면서 탁 뺏아 뿌데. 탁 보이까 이 징그런 허물이 들어 있잖아.

"엄매, 니는 뭐 이런 징그러운 걸 달고 댕기노? 둘째야, 태아 뿌라." 카면서 그 허물을 홀라당 태아 버린 기라.

그럼 아니 신선비는 우예 돌아오냐 말이야, 신선비. 어 일단 색시는 하는 수 없이 기다려 봤지. 근데 일 년이 지나고 이 년, 삼 년이 지나도 안 돌아오는 거라. 그래 색시 이제 우예야 되겠노? 찾으러 가야 되겠제?

그래 막 길을 떠났어. 근데 저짜 보니까 아 까마귀 떼들이 있데. 근데 이제 색시는 또 미인계로 나가기로 했단 말이야. 함 불

230

렀지.

"(애교 있는 목소리로) 까마귀야, 까마귀야."

이래 불렀지. 까마귀가 딱 보이까 아 이쁜 기라.

"왜 그러십니까?" 카면서 딱 기분 좋게 고개를 돌렸는데 이 색시가 하는 말이 "우리 구렁덩덩 신선비님 못 보았니?" 이래 얘기를 하는 거라.

아니 까마귀 입장에서 임자가 있는 여잔 거라. 하니까 갑자기 김이 팍 새는 기라.

그래서 "아이고 신선비고 나발이고 그건 모르겠고, 요 구더기 보이제? 요 구더기를 윗물에 씻고 아랫물에 씻고 중간물에 씻어서 뽀야이 만들어 노면 내 신선비 어딨는지 가르쳐 주께." 이래 얘기를 하데.

그라믄 색시는 우예야 되겠노? 일단 시키는 대로 해야 될 거 아이가. 그래서 구더기를 윗물에 씻고 아랫물에 씻고 중간물에 씻어서 뽀야이 만들어가 탁 갖다 줬는데, 아니 이놈의 까마귀가 고마 말을 바까 뿌데.

"하이고 내가 신선비 오데 있는지 나는 잘 모르겠고, 요 옆에 두꺼비 있거든, 두꺼비한테 가 봐라." 캄서 이래 얘기를 하데.

그래 색시는 이집 저집 요집 조집 온 동네를 돌아가 일을 막 하고 있다가 마지막에 결국 어떤 할머니 빨래까지 도와 드리게 됐어. 그래 빨래를 막 하고 있는데 할머이가 딱 보니까 아따 색시가 참하이[2] 빨래도 참 잘하는 기라. 그래서 이제는 요 어디 갔는지 신선비 행방을 알려 줘야 되겠다 싶어서 색시를 불렀지.

"(할머니 목소리로) 샥시."

"아이고 할머니 왜 부르십니꺼?"

"이제 자네 서방 어디 있는지 내가 알려 줄게."

"할머니 알고 계셨습니꺼? 빨리 가르쳐 주소."

이러니까 할머니가 "샥시, 이 주발을 타고 젓가락으로 노를 저어서 요 요 샘물을 거슬러 올라가게나. 그러면 웬 마을이 있을 걸세. 그 마을에는 새로운 마을인데 그 마을에는 신선비님 집이 있을 걸세. 그 집에 가서 동냥을 하는데 탁 받자마자 먹으면 안 돼. 먹지 말고 밥그릇을 그냥 탁 엎어. 그리고 쌀알을 하나하나 세 담으면 밤이 올 걸세. 그러면 이제 그 집에서 하룻밤을 묵어. 그러면 자네 서방 찾을 수 있을 걸세." 이렇게 얘기를 하는 거야.

색시는 아, 좋은 걸 알았다, 들었어. "할머니 감사합니다. 꼭 찾아오겠십니더." 카면서 길을 떠났지.

근데 할머니 시키는 대로 막 샘물 거슬러 가니까 진짜로 새

---

2 참하게. 성질이 찬찬하고 얌전하게

로운 마을이 있데. 근데 요 경치가 완전 장관인 거라. 그래서 막 이래 스캔을 하고 있었는데, 색시는 이럴 때가 아니잖아. 서방을 찾으러 가야 된단 말이야. 시간이 없어. 그래서 빨리 신선비네 집 갔지. 그리고 할머니 시키는 대로 동냥하고 밥그릇 얹고 밥알 세다 보니까 와 진짜 밤이 왔어.

그래서 그 집에서 하룻밤 묵고 있는데 아따 오늘따라 달빛이 좋데. 달빛 착 보고 있는데 어디선가 노랫소리가 들려. 근데 이 목소리가 낯설지가 않네. 그래갖고 아, 신선비 목소린 거라.

이 시각 신선비는 달을 딱 보면서 "(뮤지컬 하듯이 가락을 붙이며) 달아 달아 밝은 달아. 우리 색시 잘 있는고? 나를 잊진 않았는가?(말꼬리를 올리며)" 하고 있었어.

근데 이 색시 그냥 가서 "서방님" 이래 부르면 될 건데, 이 여자는 또 '서프라이즈' 이걸 또 좋아하는 거라. 그래서 답가를 부르기 시작했어.

"(뮤지컬 하듯이) 달아 달아 밝은 달아. 우리 서방님은 잘 계신고? 나를 잊진 않으셨을까?(말꼬리를 올리며)" 카는 기라.

아따 둘이 목소리를 알아본 기라. 그래갖고 드디어 감동의 재회를 했단 말이야. 그래 감동의 재회를 했는데 아니 이놈의 신선비가 그새를 못 참고 두 번째 부인을 만든 거라. 근데 아이고 본처는 이래 열심히 찾아왔는데 두 번째 부인 있다 카이 속 천

불 나제. 근데 이때 본처가 왔다고 두 번째 부인을 냅다 버릴 수는 없잖아. 그래가 내기를 하기로 했어. 내기를 해서 이기는 사람이 신선비랑 사는 거야. 그래서 이제 내기를 했는데…….

라운드 원.

먼저 나뭇가지에 참새들이 쪼로로롬이 앉아 있단 말이야. 요 나뭇가지를 탁 꺾어 와. 그러면 이기는 거라. 근데 참 본처는 착 잘 꺾어 왔는데 두 번째 부인 얼매나 성격이 급한지 그냥 나뭇가지를 확 꺾어 오데. 요 있던 참새 다 날아가 버렸어. 그럼 누가 이겼게? 당연히 본처가 이겼제?

그리고 라운드 투.

이번에는 빙판 위에 나막신 딱 신고 물항아리 딱 지고 막 가는 건데, 본처 신중하게 잘 가고 있었어. 근데 아까 내 두 번째 부인 성격 어떻다 그랬노? 급하다 그랬제? 아따 이 여자는 스피드가 최곤 거라. 막 달려가는데 와 나 쇼트트랙 보는 줄 알았다 아이가. 막 달려가데. 근데 결국에는 마지막 물항아리는 다 깨졌어. 깨질 만도 하지, 그래 달렸는데. 그래가 이번에도 본처가 이겼단 말이야.

그리고 마지막 라운드 쓰리.

3 천불 나다 : 몹시 언짢아 속이 상하다.

이번에는 호랑이 눈썹 한 줌 탁 가져오는 거였어. 그래가 본처는 얼마나 용감한지 호랑이 눈썹 한 줌 탁 갖고 왔어. 근데 이번에 두 번째 부인은 어디서 돼지 눈썹 한 뭉텡이 갖고 와가 "자, 이거 호랑이 눈썹이다." 이래 딱 갖다 놓으니까, 야야 생각을 해 봐. 명품 앞에 짜가가 짭이 되나? 당연히 두 번째 부인이 졌지.

그래서 이제 본처가 완승을 해서 둘이 금강산에서 아직도 잘 살고 있단 말이야. 어제는 우리 집에 와갖고 저녁까지 같이 먹었거든. 내보고 마 이야기 잘하라 카면서 마악 부담을 팍팍 주데. 내 그래 잠을 못 잤어. 오늘 오는 길에 차 안에서 잤다 아이가, 내.

근데 이때 이 이야기에서 중요한 기 뭔 줄 아나? 니들, 세상에는 신선비 같은 사람이 많을 거란 말이야. 니들 막 사람 겉모습 보고 판단하고 그라면 안 된데이. 알겠제? (청중: 응) 대답 다시. 알겠제? (청중: 응)

지금까지 내 얘기 들어 줘서 고맙데이. 감사합니다. (청중 손뼉)

고 등학생들의 옛이야기는 모두 여섯 마리입니다. 이야기 속 배경이나 인물이, 옛날이라는 점만 빼면 요즘 이야기 못지않게 재미있었어요. 여섯 마리 이야기 가운데 〈생거 진천 사거 용인〉, 〈비늘이 고개 이야기〉, 〈용머리 해안의 전설〉, 〈나도밤나무 이야기〉는 보다시피 제목이 실제로 있는 사물에 얽혀 있어요. 진천과 용인은 충북과 경기도에 있는 고을 이름이고, 비늘이 고개는 경남 산청에 있는 고개이며, 용머리 해안은 제주 안덕에 있는 해안이지요. 나도밤나무는 우리나라 삼남 지역에서는 어렵지 않게 볼 수 있는 나무의 이름이고요. 이처럼 땅과 나무, 바위와 같은 자연물이나 연못과 절, 정자와 같은 인공물, 그리고 이웃과 더불어 살았던 사람처럼 실제로 있는 사물에 얽힌 이야기를 학자들은 '전설(legend)'이라 불러요. 전설은 실제로 벌어지고 있는 우리네 백성들의 삶을 가장 절실하게 드러내지요.

〈생거 진천 사거 용인〉은 한날한시에 같은 이름으로 다른 곳에서 태어난 두 사람의 이야기입니다. 태어난 날과 시가 같으면 팔자도 같다지만 두 사람은 집안 형편도 마음씨도 아주 달랐습니다. 진천 추천석은 집안이 몹시 가난한데 마음씨가 아주 착하고, 용인 추천석은 집안이 몹시 가멸진데 마음씨가 아주 더러웠다지요? 마음씨 착한 진천 추천석이 죽었다가 다시 용인 추천석으로 살아나 가멸진 삶을 한 차례 더 살면서 구두쇠 집안도 착한 집안으로 바꾸었다는 이야기입니다. 그런데 중요한 것은 그런 사실을 오직 진천 추천석 본인과 저승사자와 염라대왕만 안다는 거예요. 사람이 어떻게 살아야 하는지를 어떤 성현의 말씀보다 더 똑똑하게 가르쳐 주는 이야기지요.

〈비늘이고개 이야기〉는 고려 말에서 조선 초까지 살았던 실존 인물 '문가학'에 얽힌 이야기입니다. 그는 젊은 나이로 과거에 올라 고려 공민왕의 개혁에 힘을 쏟다가 이성계의 조선 개국에 반대하여, 고향 진주에 내려와 도교에 정진하며 인재를 모아 새 나라를 세우고자 하다가 실패하여 멸족을 당했습니다. '천년 묵은 불여우를 잡았다가 놓쳤다'는 이야기는 공민왕의 개혁에 나섰다가 이루지 못한 아쉬움을 빗댄 것이고, '궁궐의 은 기둥을 훔쳐 고기비늘처럼 썰어 팔다가 잡혀 죽었다'는 이야기는 조선 태종에게 역적으로 몰려 죽은 안타까움을 빗댄 것으로 들립니다. 고려거나 조선이거나 백성의 쓰라린 삶은 달라지지 않으

니까 백성들은 이런 세상을 바꾸어 줄 사람으로 문가학에게 희
망을 두었겠지요. 그러나 그런 희망이 현실에서 허무하게 무너
지자 이런 이야기를 만들어 마음을 달랜 게 아닐까요?

〈나도밤나무 이야기〉에서는 나무가 사람처럼 말을 하면서 주
인공 노릇을 합니다. 뿐만 아니라 밤나무가 죽을 뻔한 아들을
살려 주는 마지막 열쇠 노릇까지 하지요. 사람이 살아가면서 나
무의 도움으로 여러 가지 어려움에서 벗어나는 일은 요즘에도
얼마든지 있습니다. 지난날로 거슬러 올라가면 갈수록 사람의
삶은 나무의 도움을 많이 받았음을 문화사가 증명하고 있어요.
이 이야기에 율곡 선생이 끼어든 것은 조선 후기의 일이겠지만,
사람의 재앙을 막아 주는 나도밤나무 이야기는 본디 사람이 나
무와 어우러져 서로 도우며 살던 아득한 옛날의 신화에 뿌리가
닿아 있다고 보아야겠지요.

〈구렁덩덩 신선비〉는 아득한 옛날 신화 시대, 곧 세상 만물을
만들어 이승과 저승을 두루 다스리는 신과 사람이 함께 어우러
져 살던 때에 뿌리가 닿아 있는 이야기, 곧 신화예요. 하지만 앞
에 나온 중학생 옛이야기에 있는 〈사만이 이야기〉와는 달리 〈

구렁덩덩 신선비〉를 신화라고 생각하기는 쉽지 않을 듯해요. 구렁이(뱀)를 신으로 모시던 믿음이 사라진 지 오래되었기 때문이지요. 그러나 제주도에 가면 동쪽 바닷가 마을에는 아직도 뱀을 신으로 모시는 집안이 더러 있고, 내륙에서도 구렁이를 '지킴이'라 부르며 집안을 지켜 주는 신령스런 짐승으로 여기는 노인들이 없지 않아요. 사실 〈구렁덩덩 신선비〉에서는 아직도 막내딸처럼 믿음을 잃지 않은 사람들이 있어서 구렁이가 사람과 함께 살게 되었지만, 두 언니처럼 믿지 않는 사람들의 배척이 거세어 어려움이 빠졌다가, 믿음을 지닌 사람들의 끈질긴 노력으로 신을 되찾는 이야기라 할 수 있습니다. 그런데도 이 땅에서는 살아남지 못하고 땅 밑(또는 물 밑) 세상으로 가서 살아간다고 했잖아요? 애초에 구렁이(뱀)는 미르(용)와 같은 땅 밑(물 밑)의 신, 곧 지신(地神)이었어요.

마지막으로 〈이야기 귀신〉은 실제로 있는 사물에 얽힌 전설도 아니고, 세상 만물을 만들어 이승과 저승을 두루 다스리는 신들의 시대에 뿌리가 닿은 신화도 아니지요? 이 이야기는 민담이에요. 〈이야기 귀신〉은 앞의 전설에서 다루지 않고 남겨 두었던 〈용머리 해안의 전설〉과 함께 이야기하고 싶습니다. 왜냐하면 두 이야기는 오래도록 내려온 옛이야기의 틀과 짜임새를 허물고, 새로운 틀과 짜임새로 크게 바꾸었기 때문이에요. 물론 옛이야기로 요즘 삶을 담아 보자는 뜻은 훌륭해서 칭찬받고도 남을 만해요. 하지만 틀과 짜임새라는 이야기의 뼈대를 어디까지 허물어도 좋은가 하는 물음을 조금 생각해 보고 싶습니다.

〈용머리 해안의 전설〉은 용머리 해안이라는 증거물에 걸어서 제주 사람들의 삶을 이야기하는 전설입니다. 그런데 중국의 진시황이 휴양하러 제주도에 왔다가 제주 사람을 몹시 괴롭히는 용을 용감하게 죽여서, 제물로 바쳐질 고운 비바리를 살려 주었다는 이야기지요? 게다가 착하고 인정 많고 용감한 사나이 진시황은 곱고 가야금을 잘 켜는 비바리에 반했으나 애틋한 사랑을 가슴에 품고 중국으로 돌아갔다는 이야기잖아요? 그러나 우리 선조들이 물려준 이야기는 본디 그게 아니었어요.

중국의 진시황이 천하를 통일하고도 마음을 놓지 못하고 불안에 떨다가, 탐라국(제주도)에 황제가 태어날 땅이 있다니까 지맥을 꿰뚫어보는 호종단을 보내 지맥을 끊으라고 했대요. 호종단은 구좌읍 종달리('호종단'을 제주 사람들은 '호종달'이라 불러서 마을 이름이 됐지요.)로 들어와서 산방산에 올라 꿈틀대는 용머리를 보고 황제가 태어날 곳임을 알아채고는, 한달음에 달려가 용의 꼬리를 끊고 다시 잔등을 끊은 다음 머리를 내려치니까 검붉은 피가 솟구치고 신음 소리를 토하며 용은 그대로 굳어져 바위가 되었대요. 어떻습니까? 선조들이 물려준 이야기에는 중국 진시황이 제주를 망쳐 놓은 장본인이라 했지요? 그런데 우리가, 황제를 태어나게 해 줄 '용왕'을 '악룡'으로 바꾸고, '진시황'을 제주를 살려 놓은 '은인'으로 바꾸어 이야기해도 좋을까요?

민담인 〈이야기 귀신〉은 용머리 전설처럼 주제를 뒤집어 놓지는 않았습니다. 그런데 옛이야기에서 보여 주고 있는 지난날 삶의 모습이 너무 많이 허물어졌습니다. 이야기의 주인공인 총각은 어려서 서당에 다니며 글을 배운 양반이고, 이야기의 도우미인 머슴은 어려서부터 양반 집에 심부름하는 종이었습니다. 신분의 차별이 뚜렷하던 옛날인데, 주인공이 꽉 찬 이야기 주머니를 몇 해 동안 허리춤에 달고 다녔다든지 총각과 머슴이 한 방에서 잤다는 이야기는 지난날 삶의 모습을 지나치게 허물어

버리는 바람에 이야기의 뜻이 살아나지 않고 믿을 수 없는 이야기처럼 되었어요.

선조들이 물려준 〈이야기 귀신〉은 주인공이 다니는 서당에서부터 시작합니다. 서당에서 이야기판이 벌어지면 주인공인 도령은 제 이야기를 하지는 않고 남의 이야기를 들으며 글로 적기만 했어요. 글로 적은 이야기를 주머니에 넣고 주머니가 가득 차면 저의 집 공부방 천장에다 매달아 두었지요. 주머니에 갇혀서 갑갑하여 죽을 지경이었던 이야기들은 도령이 장가가는 날에 총각을 죽이자고 음모를 꾸몄습니다. 머슴이 공부방 부엌에서 불을 때다가 음모 꾸미는 소리를 듣고, 이튿날 말을 몰고 가면서 세 가지 음모를 모두 막아 신랑을 구했어요. 그리고 신랑이 각시를 데리고 집에 와서 잔치를 벌인 자리에서 비로소 이야기들의 음모를 모두 밝혔지요. 그제야 신랑은 새 사람으로 거듭나서 이야기판을 찾아다니며 주머니에 가두었던 이야기를 모두 풀어 주고 각시와 함께 행복하게 잘 살았다는 이야기예요. 글로 먹고사는 양반은 이야기를 글에 가두어 죽이기 쉽고, 이야기를 죽이면 양반 저도 죽을 수가 있으니 이야기를 가두지 말고 꽃피워 잘 가꾸어야 한다는 이야기지요. 게다가 양반 도령보다 상놈 머슴이 훨씬 똑똑하고 슬기롭다는 사실도 은근히 드러내어, 신분을 뛰어넘는 인간 평등 사상을 잘 담고 있습니다.

선조들이 물려주신 옛이야기를 하나씩 귀담아 듣고 눈여겨 읽어 보면 많은 것을 배우고 깨달을 수 있습니다. 선조들의 상상력과 창조력이 자랑스러워 우러러 보이기도 하고, 우리가 누구인가 새삼 되돌아보며 생각에 잠길 때도 있어요. 사실, 지난 20세기 백 년 동안 우리 사회가 너무 많은 상처를 입으며 바뀌어 온 탓에 이야기 전통의 보금자리인 이야기판이 깡그리 사라졌습니다. 그래서 요즘 학생들은 집에서도 학교에서도 마을에서도 그밖에 어디에서도 이야기를 듣지도 하지도 못하고 자랐습니다. 그런데도 '전국 중·고등학생 이야기대회'라는 이야기판을 펼치니까, 이처럼 소질 있는 이야기꾼들이 전국에서 나타나 앞 다투어 옛이야기를 되살려 내고 있잖아요? 참으로 반갑고 고마운 일입니다. 앞으로 선생님들과 함께 옛이야기 유산을 더욱 부지런히 공부하면서, 전국의 모든 학교에서 이야기판을 자유롭게 벌이는 때가 하루 빨리 오기를 기다려 봅니다.

이야기 수업, 이렇게 하자

아이들이 친구들 앞에서 자신의 이야기를 하고 다른 아이들이 그 이야기를 듣느라 눈을 반짝이는 모습을 보고 있으면, 이야기라는 것 속에는 뭔가 사람을 끌어당기는 별난 힘이 있다는 생각을 하게 됩니다. 이야기판을 잘 벌여 놓기만 하면 아이들은 언제든지 그 즐겁고 흥미로운 세상으로 들어가고 싶어 합니다. 이 좋은 이야기 수업을 어떻게 시작하면 될까요?

1. 목표 정하기

이야기 수업의 목표는 다음과 같이 정해 볼 수 있습니다.

① 이야기를 꾸미는 상상력과 창조력을 북돋운다.
② 말하고 듣는 능력과 기술을 키우고 가꾼다.
③ 뛰어났으나 끊어진 겨레의 이야기 전통을 되살려 낸다.

이야기 수업의 목표가 정해지면 이야깃거리를 정해 이야기판을 벌일 차례입니다.

　처음에는 될 수 있으면 이야깃거리를 정해 주는 것도 좋습니다. 자유롭게 이야기를 하면 잘할 것 같지만, 의외로 아이들은 처음에 무슨 이야기를 해야 할지 이야기를 고르는 일을 가장 힘들어 합니다. 그래서 너무 넓지도 좁지도 않게 이야기의 범위를 정해, 아이들이 그 속에서 자유롭게 이야기를 하도록 하는 것이 좋습니다.

　인터넷에서 떠도는 이야기나 들은 이야기로 시작하는 것도 재미있습니다. 대개 자신이 겪은 이야기를 하는 것을 쉽게 생각하지만, 아이들과 처음 이야기를 할 때는 친구들 앞에서 자기가 살아가면서 겪거나 느낀 이야기를 꺼내기 힘들 수 있습니다. 이야기를 하다 보면 가족이나 집안 환경, 혹은 자기의 삶의 방식이 은연중에 드러나게 되어 자기를 다른 사람 앞에 내놓아야 하는 상황이 되기 때문입니다. 그래서 아이들에게 겪은 이야기를 하게 하려면 반 아이들 사이에 친밀감이 어느 정도 생겼거나, 이야기판이 한두 바퀴 돌아 서로에 대해 어느 정도 익숙해졌을 때 시작하는 것이 좋습니다.

중·고등학생들이 많이 하는 요즘 이야기를 정리해 보면 다음
과 같습니다.

- '나'에게 일어난 일
  ① 일상적인 일 - 외모 때문에 생긴 일, 동물과 있었던 일, 특
     이한 친구나 선생님 이야기, 어릴 때 동네에서 놀았던 일
  ② 특별한 경험 - 놀러 갔다 생긴 일, 대회에 나간 경험, 여행 다
     녀온 이야기, 똥 이야기, 다친 이야기, 죽을 뻔한 이야기, 슬펐
     던 일, 털어놓기 부끄러운 이야기, 남 몰래 해 본 일 이야기

- '가족' 이야기
  ① 가족 가운데 한 명 또는 '우리 가족'에 대한 이야기
  ② 남다른 가족사 이야기

겪은 이야기를 통해 이야기하는 힘이 어느 정도 길러지면 옛
이야기를 찾아 이야기할 수 있습니다. 옛이야기는 이야기 속 사
건을 따라가며 상황을 상상하고 나름대로 재구성할 수 있어야
하기에 겪은 이야기보다 잘하기 어렵지만, 그 과정에서 상상하
는 힘은 더욱 길러집니다. 옛날에는 대가족이 함께 사는 경우가
많아 어렸을 때 할머니 할아버지께 옛이야기를 듣기도 하며 자

랐지만, 요즘 학생들은 어렸을 때 책에서 읽은 이야기가 자신이 아는 옛이야기의 전부입니다. 게다가 지금은 이야기의 전통이 끊어진 터라 동네 어른들을 찾아 이야기를 듣기도 쉽지 않습니다. 그래서 대부분 학생들은 책을 통해 옛이야기를 읽거나, 혹은 시청이나 군청 홈페이지를 통해 지역 이야기를 접하는 경우가 많습니다.

학생들에게 옛이야기를 하라고 하면 "못하겠다", "아는 이야기가 없다"며 엄살을 부립니다. 그래서 옛이야기를 할 때에는 우선 선생님이 옛이야기를 한두 개씩 해 주면서 분위기를 만드는 일이 중요합니다. 재치 있게 위기를 넘기거나 꾀를 부려 나쁜 사람들을 혼내 주는 이야기부터, 우리 지역에 전해 내려오는 전설에 이르기까지 몇 가지의 옛이야기를 준비해서 아이들의 흥미를 돋웁니다. 그리고 아이들에게 우리 부모님의 이야기, 할머니 할아버지의 이야기, 우리 조상들이 살아간 이야기를 좀 더 알아야 하지 않겠냐고 하며 옛이야기판을 시작합니다.

초등학생이나 중학생은 민담을, 고등학생은 전설을 이야기하는 경우가 많습니다. 아마도 민담은 재미있거나 간단해서 이야기하기가 다소 쉽고, 전설은 사건이 일어나면서 인물들이 갈등을 겪고 그 갈등이 해결되는 과정을 거치기에 좀 더 이야기의 짜임새가 복잡한 까닭인 듯합니다.

3. 이야기 수업하기

1) 이야기 수업 방법과 차례

이야기를 수업으로 들여올 때 방법은 크게 두 가지가 있습니다.

하나는 수업을 시작하기 전에 한두 명씩 돌아가면서 이야기를 하는 방법인데, 학생들이 무척 좋아합니다. 친구의 이야기가 재미있든 없든 수업 시간이 짧아지면 마음이 한결 가벼워지니까요. 하지만 선생님들은 수업 시간이 짧아져 하나의 활동을 하기에 어려울 수 있답니다.

다른 하나는 이야기 수업 기간을 정해, 수업 시간 내내 돌아가며 이야기를 하는 방법입니다. 보통 중학생들은 한 시간에 7~8명이 이야기를 하고, 고등학생들은 6명 정도 합니다. 일정한 시간 안에 이야기를 한다는 점에서 평가의 형평성은 보장되지만, 남의 이야기를 귀 기울여 듣기가 쉽지 않아 이야기를 듣는 아이들이 힘들어하고, 뒤로 갈수록 집중력이 떨어질 수 있습니다.

이야기 차례는 번호대로 할 수도 있고, 제비뽑기로 차례를 정할 수도 있고, 이야기를 하고 싶은 사람이 먼저 할 수도 있습니다. 번호대로 하면 차례를 고민할 필요 없이 으레 자기 차례라 생각하고 이야기를 하게 되어 이야기를 못하거나 자신감 없는 아이들도 이야기하기 좋습니다. 제비뽑기로 하는 경우도 번호

대로 하는 것과 다를 것은 없는데, 이야기 차례를 제때 일러 주지 않으면 자기 차례를 놓치고 준비를 해 오지 않는 경우가 더러 있습니다. 하고 싶은 사람이 먼저 이야기를 시작하면 이야기판의 분위기를 살리기는 좋지만, 다른 사람 앞에서 이야기하기를 싫어하거나 부담스러워 하는 아이들이 뒤에 남아 갈수록 이야기판이 시들해지기 쉽습니다. 이야기를 먼저 하고 싶은 사람 두세 명이 하고 나서, 그 다음은 번호 순이나 제비뽑기로 진행을 하는 방법도 있습니다.

2) 이야기하는 시간

이야기하기는 말하기에 속하는 언어 표현 방식입니다. 말하기 영역에서 시간 내에 자기의 의사를 표현하는 것이 중요하듯, 이야기를 할 때도 시간을 정해 두는 편이 좋습니다. 말하기 수업을 할 때 보통 '3분 말하기'를 많이 하는데, 초등학생이든 중학생이든 처음 이야기를 시작할 때에는 3분도 길게 느껴집니다. 따라서 학생들의 말하기 수준에 따라 1~2분으로 시작하여 차츰 시간을 늘여 가는 것이 좋습니다.

이야기는 '처음, 가운데, 끝'이라는 짜임새를 가져야 하고, 또 듣는 이들의 집중력을 고려해야 하기 때문에 중학생의 경우는 3~5분 정도가 적당합니다. 고등학생의 경우는 상황을 자세히

묘사한다거나 좀 더 구체적으로 이야기할 수 있고, 또 듣는 이
들도 집중해서 듣는 시간이 길기 때문에 중학생보다는 시간을
길게 정해도 됩니다. 하지만 10분 넘게 이야기를 끌고 가는 것
이 쉽지 않기 때문에, 8분 정도로 제한을 두는 것이 좋습니다.

3) 듣는 이와 교사가 할 일

이야기 수업에서는 이야기를 하는 사람도 중요하지만, 이야기
를 듣는 사람도 중요합니다. 이야기판의 분위기는 물론 이야기
꾼에게 달려 있겠지만, 듣는 이 또한 이야기판의 분위기를 만드
는 데 중요한 구실을 합니다. 아이들이 평소 다른 사람 앞에서
말하거나 이야기를 해 볼 기회가 좀처럼 없다 보니, 실제로 자
신이 준비한 이야기를 다른 사람 앞에서 끝까지 하기도 어려운
게 현실입니다. 그런데 이야기를 듣는 이들이 이야기하는 사람
을 편안하게 해 주지 않는다면 이야기하는 사람은 더욱 긴장해
서 이야기를 끝까지 하기가 어려워집니다. 이 점을 아이들에게
미리 말하여 이야기를 할 때 고개도 끄덕여 주고, 적절하게 반
응도 하면 이야기하는 사람은 더욱 신이 나서 이야기를 잘할 수
있게 됩니다.

 듣는 이 못지않게 교사의 역할도 중요합니다. 교사는 이야기
수업을 하기 전에 이야기판의 분위기를 만들어야 하고, 아이들

이 편하게 이야기를 할 수 있도록 이끌어야 합니다. 이야기를 하는 아이가 학급 친구들과의 관계는 어떠한지, 이야기하는 수준은 어느 정도인지를 파악하고 학생의 이야기에 반응을 보이며 아이들이 반응할 수 있도록 이끌면 좋습니다. 이야기하는 학생이 너무 긴장하여 이야기를 제대로 이어 가지 못하면 좀 기다려 보고 그래도 이야기를 잇지 못하면 이야기를 이을 수 있도록 사이사이 말을 걸기도 하고, 속도가 너무 빠르거나 이야기가 어려워 듣는 아이들이 못 알아듣는다 싶으면 듣는 아이들이 이야기를 알아들을 수 있도록 교사가 조정해야 하기도 합니다. 이야기하는 아이가 학급 친구들과 관계가 좋지 않아 전혀 반응이 없을 때에는 슬쩍 이야기를 띄우기도 해야 하고, 반응이 너무 지나쳐 이야기꾼의 사기나 의욕을 떨어뜨릴 정도로 끼어드는 학생이 있으면 주의를 주어야 합니다.

이야기가 끝나면 아이들의 이야기에 대해 잠깐이라도 함께 이야기를 나누는 것이 좋습니다. 아이들도 궁금한 점은 다시 물어보기도 하고 느낌이나 깨달음이 있으면 덧붙이기도 하고, 내용과 관련하여 떠오르는 일이 있으면 함께 나눌 수도 있습니다. 여러 사람 앞에서 하기에 마땅찮은 이야기이면 그런 부분도 이야기 나누고, 학생으로서 생각하기 어려운 점을 깊이 생각한 부분이 있다면 칭찬하며 분위기를 돋우기도 합니다. 말하기 교육과 관련하여 말하기의 속도나 발음, 자세 등도 짚고, 본인은 이미 겪어서 알고 있는 일이지만 듣는 이들은 처음 듣는 이야기인데 그런 부분을 고려하지 못한 채 이야기했다면 말하기란 늘 듣는 이를 고려하여 이야기해야 효과가 있음을 알려 주기도 합니다.

4. 이야기 평가하기

'전국 중·고등학생 이야기대회'에서는 다음과 같은 잣대를 씁니다. 크게 '속살'과 '겉모습' 둘로 나누어, 속살은 '이야기가 듣기에 그럴듯한가(인과성), 여러 사람 앞에서 들어 볼 만한 이야기인가(깨달음), 이야기가 새로운가(창조력, 상상력)'로 평가합니다. 겉모습은 '이야기의 짜임새가 튼튼한가(구성), 말솜씨가 있는가(입담), 듣는 이를 사로잡는가(청중 호응)'로 평가하는데, 속살과 겉모습의 비중은 6 대 4입니다. 겉모습도 중요하지만, 역시 이야기 속살의 비중이 높을 수밖에 없습니다.

이야기 수업을 할 때, '아이들의 이야기를 평가할 것이냐' 하는 것은 학교의 상황이나 교사의 판단에 따라 다를 것입니다. 그저 아이들과 살아가는 이야기를 재미있고 뜻깊게 나눌 수도 있고, 편안하게 이야기를 즐기면서 말하기 교육으로 삼을 수도

〈'전국 중·고등학생 이야기대회' 평가 잣대 (예시)〉

평가 잣대		평가 눈금	비고
속살(내용)	그럴듯하기(인과성)	20	
	들어 볼 만하기(깨달음)	20	
	새롭기(창조력, 상상력)	20	
겉모습(형식)	짜임새(구성)	15	
	말솜씨(입담)	15	
	듣는 사람 사로잡기(청중 호응)	10	

있습니다. 하지만 평가란 수업의 과정과 결과 모두를 대상으로 한다는 점을 생각하면, 이야기 수업을 문학과 말하기 입말 평가로 할 수 있습니다. 학생들 역시 이야기를 하고 듣는 것만으로도 재미있어 이야기 수업을 좋아하기는 하지만, 평가에 반영하면 좀 더 열심히 준비하고 진지하게 이야기하려고 합니다.

평가 잣대를 마련하여 평가하되, 아이들이 평가 점수에 매달려 정해진 틀로 이야기하거나 이야기의 맛을 잃지 않도록 주의해야 합니다. 아이들의 수준과 분위기를 보아 가며 처음에는 연습 삼아 평가 없이 이야기를 할 수도 있고, 처음부터 평가에 반영하되 일정한 시간만 지킨다든지 줄거리만 전달하면 점수를 주다가 차츰 시간을 늘리거나 자세한 잣대를 정할 수 있습니다.

이야기를 하는 것뿐만 아니라 이야기를 듣는 태도도 평가에 반영하면, 이야기판에 좀 더 집중하게 만들 수 있습니다.

평가는 교사 혼자 하지 않고 학생과 같이 하면 더욱 좋습니다. 교사가 혼자 평가할 수도 있지만 학생들과 같이 평가하면, 평가의 공정성을 높이고 학생들의 듣기 능력도 기를 수 있는 까닭입니다. 교사가 평가한 내용과 학생이 평가한 내용이 다르면 어떻게 하나 싶지만, 실제로 이야기 수업을 하고 평가를 해 보면 교사의 평가 내용과 학생의 평가 내용이 거의 같습니다. 간혹 다른 경우에는 교사가 까닭을 들어 설명하면 학생들도 대부분 받아들입니다.

이야기 수업을 하면서 '전국 이야기대회' 평가표를 쓰기는 어렵습니다. 교사는 이야기판의 분위기를 살리면서 이야기하는 학생이 제대로 이야기를 할 수 있도록 신경 써야 하고, 듣는 이의 태도도 살피면서 이야기 평가도 해야 합니다. 이야기 평가는 이 잣대로 할 수 있지만, 수업에서 쓰는 평가표는 수업 상황에 맞게 다듬을 수 있을 것입니다.

보통은 학생들의 듣기 능력을 기르기 위해 학생들에게도 이야기 평가지를 작성하게 하는데, 교사도 같은 평가지를 쓰는 경우가 많습니다. 한 편의 이야기를 듣고 이야기의 제목을 붙이고, 들은 내용을 간추려서 두세 줄로 쓰는 형식입니다. 본인이 생각하기에 이야기한 학생의 점수를 몇 점으로 하면 좋을지 매겨 보기도 하고, 점수를 그렇게 준 까닭도 씁니다.

이야기의 제목을 붙이는 활동은 핵심적인 제재나 주제를 찾아 이야기의 내용과 특징이 잘 드러나도록 참신한 제목을 붙이도록 안내하고, 들은 내용 간추리기는 이야기의 뼈대를 잡아 줄거리를 간추릴 수 있도록 합니다. 학생들이 제목을 어떻게 붙여야 할지, 어떻게 간추리는지 처음에는 감을 잘 잡지 못하는 경우도 많아 교사와 같이 제목도 붙이고 내용도 간추리면 좋습니다. 하지만 차츰 학생들 스스로 제목도 붙이고 내용도 간추리게 하여 학생들이 붙인 제목을 견주거나 내용을 누가 더 정확하게 간추렸는지 이야기 나누면, 훌륭한 듣기 수업이 됩니다.

친구들의 이야기에 점수를 주는 활동은 아이들이 부담스러워하는데, 학생들이 매긴 점수로 평가하는 게 아니라 이야기를 누가 잘하고 못했는지 스스로 평가할 수는 있어야 한다며 점수를 매기고 까닭을 쓰게 하면 아이들도 받아들이고 간단히 씁니다. 점수를 준 까닭은 보통 '시간을 넘겼다'거나 '말이 빨랐다', '목소리가 작아 잘 들리지 않았다' 등 간단한 까닭을 쓰는 경우가 많지만 '이야기의 앞뒤가 맞지 않았다'거나 '너무 터무니없는 이야기를 했다' 등 이야기의 내용과 짜임새 등을 고려해서 쓰는 학생도 있습니다.

수업 시간에 쓰는 '이야기 평가표'는 다음과 같습니다.

〈이야기 평가표 (예시)〉

학년   반   이름 :

이야기 차례	이름	이야기 제목	들은 내용 간추리기	별점	점수 준 까닭
1				☆ ☆ ☆ ☆ ☆	
2				☆ ☆ ☆ ☆ ☆	
3				☆ ☆ ☆ ☆ ☆	

5. 이야기 수업 십계명

교실에서 아이들과 같이 십여 년 넘게 이야기 수업을 해 보면서 느낀 어려움들을 열 가지로 정리해 보았습니다. 이야기판이 잘 이루어지지 않을 때, 민망한 이야기가 나와 많이 당황스러울 때, 이야기 수업을 하기는 하는데 어떻게 지도해야 할지 모를 때 이렇게 한번 해 보시면 어떨까요?

1) 교사가 먼저 이야기를 준비하라

처음 이야기 수업을 하면 아이들은 무슨 이야기를 골라 어떻게 이야기해야 할지 막막해합니다. 이때 교사가 먼저 이야기를 한두 가지 준비해서 은근슬쩍 들려주며 시작하면 분위기가 좋습니다. 큰 주제를 주고 겪은 이야기를 할 때는 선생님이 주제에 맞게 미리 준비한 겪은 이야기를, 옛이야기를 할 때는 아이들이 흥미로워하는 민담이나 우리 고장에 흘러오는 옛이야기로 시작하면 한층 분위기가 자연스럽습니다.

2) 이야기판의 분위기를 만들어라

이야기판은 이야기하는 사람과 듣는 사람이 함께 만들어 가는 것이기에 이야기하는 아이와 반 아이들과의 관계, 그 즈음이나 그 날의 반 분위기 등에 의해서도 많이 좌우됩니다. 평소 수업 시간에도 아이들이 서로 생각한 바를 자유롭게 이야기할 수 있어야 하지만, 이야기판에서는 특히 이야기하는 사람도 편안하게 자신의 이야기를 할 수 있어야 하고 듣는 사람도 귀 기울여 들을 준비가 되어 있어야만 이야기판이 만들어집니다. 교사가 먼저 이야기를 준비하거나 입담 있는 몇몇 학생들의 이야기로 판을 벌이고 이야기 수업이 일단 시작하면 한껏 호응해 주며 이야기판의 분위기를 돋우어야 합니다.

3) 아이들의 이야기에 반응, 반응, 반응하라

이야기를 할 때 듣는 이가 어떤 반응을 보이는가가 이야기판을 결정합니다. 교사가 먼저 "응", "그래", "우와" 등 적극적으로 반응을 보이며 아이들이 이야기에 반응할 수 있도록 이끕니다. 막히는 데가 있으면 중간 중간에 "뭐라고?", "진짜?", "그랬니?" 등의 반응을 보이기도 하고 자연스럽게 이야기를 이어 주기도 하면서 이야기하는 사람이 민망하거나 소외된다는 생각이 들지 않도록 합니다.

4) 칭찬을 아끼지 마라

이야기를 끝낸 학생에게는 어떤 점이 좋았는지 내용이나 깨달음, 묘사나 비유와 같은 구체적인 예를 들어 칭찬을 해 주는 것이 중요합니다. 그래야 다음번에 더 잘 준비해서 이야기하게 되고, 다음 차례의 아이들도 교사의 칭찬을 기억하면서 이야기를 좀 더 잘하려 노력하게 됩니다.

5) 이야기 수업에 성급한 욕심은 금물!

처음부터 아이들이 긴 시간 동안 이야기를 진지하게 잘할 수 있는 것은 아닙니다. 이야기야말로 끊임없는 연습과 노력을 통해 잘하게 되는 까닭입니다. 너무 욕심내지 말고 처음에는 아이들이 다른 사람 앞에 나와서 이야기를 한다는 자체에 뜻을 두고 시작하면 됩니다. 조금 익숙해지면 시간도 차츰 늘이고, 이야깃 거리를 고르는 일에 대해서도 아이들과 편안하게 이야기 나눌 수 있습니다.

6) 줄거리보다는 장면 장면을 이야기하게 하라

이야기를 잘하는 아이들은 별것 아닌 일도 실제로 그 일이 벌어 지고 있는 것처럼 장면 장면을 실감나게 전달합니다. 이야기의 재미는 이야기 속 상황에 없었던 듣는 이들마저도 마치 그 자리 에 있었던 것처럼 느낄 수 있도록 해 주는 데서 비롯하지요. 그 러려면 사건의 줄거리만 간추려서 전달하는 것이 아니라, 상황 을 그림 그리듯이 자세히 그리고 대화도 넣어 가며 실감나게 해 야 한다는 것을 알려 주어야 합니다.

7) 민망한 이야기, 아이들이 판단하게 하라

아이들이 하는 이야기 중에는 들을 만한 가치가 없거나 교실에 서 함께 듣기에 민망한 내용의 이야기도 간혹 있습니다. 이럴 때 교사가 먼저 이야기를 끊기 전에, 이야기를 듣고 있는 아이 들이 스스로 판단하도록 하는 것이 좋습니다. 마땅찮은 이야기 가 나오면 아이들은 선생님을 바라보면서 뭔가 이래도 되냐는 표정을 짓는데, 이는 아이들도 이야기의 수준을 충분히 평가하고 판단하는 능력을 가지고 있다는 뜻입니다. 교사가 토를 달아 이야기를 끊어 버리면 다른 아이들은 앞으로 할 이야기의 내용을 스스로 검열하여 이야기판의 분위기가 죽어 버리는 경우가 많으므로, 이야기를 들으면서 조절하거나 이야기를 듣고 나서 아이들과 이야기를 평가하는 게 낫습니다.

8) 할 말, 못할 말을 가리게 하라

아이들 중에는 도둑질한 이야기나 남을 괴롭힌 이야기, 다른 사람을 비웃는 이야기 등을 무용담처럼 들려주는 아이들이 있습니다. 이때에도 역시 교사가 평가하기보다는 아이들이 스스로 판단할 수 있도록 기다린 뒤, 교사의 이야기를 덧붙이는 것이 좋습니다. 대부분의 경우 처음에는 이런 이야기에 반응이 뜨겁지만 이야기를 듣고 나면 그게 할 말이냐고 구박하거나 비난하고, 마지막에 학급 이야기 왕을 뽑을 때에도 절대 뽑히지 않습니다.

9) 삶의 이야기를 자연스레 하게 하라

처음 이야기 수업을 시작할 때에는 이야기를 재미있게 해야 한다는 생각에 개그나 인터넷에서 읽은 이야기를 많이 찾아옵니다. 하지만 이야기를 여러 번 하다 보면 아이들은 자기 이야기를 자연스레 하게 되고 또 그런 삶의 이야기가 다른 사람에게 감동을 준다는 것도 알게 됩니다. 부끄러운 기억이나 감추고 싶었던 이야기들을 다른 사람에게 편안하게 들려줌으로써, 좀 더 당당하게 자신의 삶을 꾸려 갈 수 있음을 아이들이 깨닫도록 해야 합니다.

10) 이야기 왕을 뽑아라

이야기 수업이 끝나면 학급 이야기 왕을 뽑는 게 좋습니다. 이야기를 들으면서 매긴 별점과 이야기 내용 요약을 보면서 아이들과 함께 학급 이야기 왕을 뽑아 보면, 아이들도 재미있었던 이야기만을 뽑지 않고 감동적인 이야기나 깨달음을 준 이야기, 듣는 이의 반응을 한껏 끌어낸 아이를 뽑는 것을 볼 수 있습니다. 이야기 왕을 뽑으면서 아이들도 어떤 이야기가 좋은 이야기인지 깨닫게 되는 셈입니다.

문학의 민주화를 위하여
- 류수열(한양대 국어교육과 교수)

근대 이전 이야기판은 곧 국어 교실이었습니다. 거기에서 아이들은 다른 사람의 말에 귀 기울이고, 이야기에 담긴 의미를 이해하고자 노력하는 경험을 합니다. 이를 통해 지적으로나 인격적으로 성숙한 사람으로 성장합니다. 뿐만 아니라 서로의 이야기를 경청하고, 반론을 제기하면서 자연스럽게 논리적 훈련도 경험하게 됩니다. 이야기판은 또한 부모와 자식 간, 형제 간 소통의 장으로서 세대 간의 결속과 혈육 간의 우애를 다지는 자리였으며, 여성들이 사회적 약자로서 공유하는 경험을 매개로 서로 연대감을 형성하는 공간이기도 했습니다.

하지만 근대에 들어서면서 문학은 대중의 삶과 유리되어 갔고, 문학 교실 또한 생기를 잃어 갔습니다. 이야기를 만드는 주체와 이야기를 향유하는 주체가 분리되었고, 교과서 속으로 걸어 들어간 이야기는 교과서 밖의 학생들과 단절되는 경향이 있었기 때문입니다. 그래서 나는 문학 교육 연구자로서 문학을 대중에게 돌려주어야 한다는 당위를 앞세운 채 오랫동안 고민해 왔습니다.

그런데 아주 뒤늦게 알았습니다. 뜻있는 국어 선생님들이 조직적인 노력으로 '문학의 민주화'라는 과제를 이미 오래전부터 수행해 오고 있었다는 사실을 말입니다. 제주에서 강원까지, 중학생부터 고등학생까지, 옛날이야기에서부터 경험담까지 다양한 지역에서 다양한 학생들이 모여 다양한 레퍼토리로 이야기를 나누고 있었다는 겁니다. 더욱이 그 이야기들을 가려 뽑아 이렇게 책으로까지 엮어 낸다니, 참으로 우리 문학 교실의 아름다운 결실이라 하지 않을 수 없습니다.

학생들의 개성은 곳곳에서 빛납니다. 방언을 그대로 살린 말투, 남들이 한 번쯤 가졌을 만한 욕망과의 갈등, 자기 방식대로 빚어낸 이야기의 줄기 등. 이쯤 되면 살아 있는 문학이 어떠해야 하는지, 그리고 국어 교실은 어떤 풍경이어야 하는지를 고스란히 알려 주는 데 부족함이 없으리라 생각합니다.

문학이 위대한 예술품으로서 권력을 누리던 시절과 결별하고 싶은 한 사람으로서 모두에게 이 책을 권하고 싶습니다. 학생들은 또래들의 삶으로부터 감동을, 교사들은 국어 교실을 생기 있게 꾸려 갈 영감을, 학부모들은 자식 세대들의 생각에 대한 이해를 선물로 받을 수 있을 것입니다. 궁극에는 이러한 실천들이 우리 모두에게 문학의 민주화를 가져다줄 것으로 믿습니다.

한국 교육의 혁신을 위하여
- 최시한(숙명여대 한국어문학부 교수, 스토리텔링연계전공 주임)

사람은 '이야기하는 존재'이다. 이야기(서사) 양식으로 소통할 뿐 아니라 느끼고 생각한다. 그래서 이야기는 사람을 사람답게 하는 문화 활동의 도구에서 나아가 문화 그 자체이다. 인간은 이야기 식으로, 이야기를 사는 것이다. 전자 매체와 통신 기술의 발달이 소통 혁명을 일으키자 이야기하기(스토리텔링)가 온갖 분야의 전면에 떠오른 것은 당연한 일이다.

한국 교육은 삶에서 멀어진 지 오래이다. 생각하고 느끼는 힘, 그것을 표현하여 남과 소통하는 능력을 기르지 않는 교육 현장에서, 이야기는 가마득히 사라져 버렸다. 그 결과, 인과관계에 대한 관심이 부족한 역사와 사회 공부는 정보 부스러기 쌓기가 되었고, 인물의 감정에 대한 느낌을 제쳐 놓은 문학 공부는 암기 과목이 되었으며, 수학은 사물의 합리적 재현과 판단 능력을 기르는 일과 영영 멀어져 버렸다.

한국의 교육을 걱정하는 이들은 오래전부터 학생 중심, 활동 중심, 능력 중심으로 바뀌어야 한다고, 또 지식이 아니라 인성 기르기 위주가 돼야 한다고, 그게 이른바 입시 위주의 교육을 혁신하는 길이라고 입 모아 되풀이해 왔다. 옳은 말이다. 그런데 무엇을 어찌해야 그렇게 되는 것일까?

여기 하나의 답이 있다. 스토리텔링 시대에 걸맞게 이야기를 부활시키는 것이다. 이야기 활동은 사물에 대한 느낌과 판단을 줄가리가 선 줄거리로 형성해 내는 작업이다. 그것은 지성과 감성, 부분과 전체, 남의 지식과 내 경험을 창조적으로 융합한다. 따라서 어떤 과목에서든, 또 내용과 방법 어느 면에서든, 이야기로 학습할 수 있다. 그리고 학생들은, 이야기하는 존재의 타고난 상상력을 활용하여, 누구나 즐거이 그 '학습'에 뛰어들 수 있다.

이 책은 교사들이 이야기의 중요성을 깨닫고 현장에서 오래 궁리한 결과물이다. 도대체 이야기라는 게 학습과 무슨 관계가 있는지 이제 겨우 관심을 갖는 단계에서, 이는 교사와 학생이 함께 앞질러 이룩한 중요한 한 걸음이다. 이야기 가운데 매체가 입말 중심인 것, 내용이 생활 위주이거나 재미 위주인 것이 아쉽지만, 이는 '대회' 형식 때문에 안게 된 어쩔 수 없는 점이었을 터이다. 부디 이 싹이 자라나 무성한 숲을 이루어, 한국 교육의 혁신을 앞당기기 바란다.

제주에서 강원까지

이야기꽃, 피다

엮은이 | 전국국어교사모임

1판 1쇄 발행일 2014년 6월 23일
1판 2쇄 발행일 2015년 4월 13일

발행인 | 김학원
경영인 | 이상용
편집주간 | 위원석
편집장 | 최세정 황서현
기획 | 문성환 박상경 임은선 조은실 조은화 전두현 최인영 이혜인 정다이 이보람
디자인 | 김태형 임동렬 유주현 최영철 구현석 박인규
마케팅 | 이한주 김창규 이선희 이정인 이정원
저자·독자서비스 | 조다영 채한을(humanist@humanistbooks.com)
스캔·출력 | 이희수 com.
용지 | 화인페이퍼
인쇄 | 청아문화사
제본 | 정민문화사

발행처 | (주) 휴머니스트 출판그룹
출판등록 | 제313-2007-000007호(2007년 1월 5일)
주소 | (121-869) 서울시 마포구 동교로23길 76(연남동)
전화 | 02-335-4422 팩스 | 02-334-3427
홈페이지 | www.humanistbooks.com

ⓒ 전국국어교사모임, 2014

ISBN 978-89-5862-707-4 43800

* 이 도서의 국립중앙도서관 출판예정도서목록(CIP)은 서지정보유통지원시스템 홈페이지
  (http://seoji.nl.go.kr)와 국가자료공동목록시스템(http://www.nl.go.kr/kolisnet)에서 이용하실 수
  있습니다.(CIP제어번호: CIP2014016605)

만든 사람들

편집장 | 황서현
기획 | 문성환(msh2001@humanistbooks.com) 조은실
디자인 | 임동렬